詩經必讀一百首

U0132447

商務印書館

詩經必讀一百首

作　　　者：姚小鷗

朗　　　讀：康一橋

責任編輯：譚　玉

封面設計：張　毅

出　　　版：商務印書館（香港）有限公司

　　　　　　香港筲箕灣耀興道 3 號東滙廣場 8 樓

　　　　　　http://www.commercialpress.com.hk

發　　　行：香港聯合書刊物流有限公司

　　　　　　香港新界大埔汀麗路 36 號中華商務印刷大廈 3 字樓

印　　　刷：中華商務彩色印刷有限公司

　　　　　　香港新界大埔汀麗路 36 號中華商務印刷大廈 14 字

版　　　次：2016 年 4 月第 3 次印刷

　　　　　　© 2010 商務印書館（香港）有限公司

　　　　　　ISBN 978 962 07 4443 3

　　　　　　Printed in Hong Kong

國風

大雅

周頌

國 風

周 南

關雎

[婚戀]

關關雎鳩[1]，在河之洲[2]；
窈窕淑女[3]，君子好逑[4]。

參差荇菜[5]，左右流之；
窈窕淑女，寤寐求之[6]。

求之不得，寤寐思服；
悠哉悠哉，輾轉反側。

參差荇菜，左右采之；
窈窕淑女，琴瑟友之[7]。

參差荇菜，左右芼之[8]；
窈窕淑女，鐘鼓樂之[9]。

【賞析】

本篇是描寫古代社會貴族婚姻的詩篇。以雌雄和鳴的雎鳩起興，以採摘荇菜為比，以琴瑟鐘鼓作結，敘述了「君子」對「淑女」的苦苦追求，描述了周代貴族社會一個理想的戀愛婚姻模式。詩中採用重章的藝術形式。在相關各章中，用變換「流」、「采」、「芼」幾個動詞的方法，層層深入地顯示了君子對淑女的追求及完美結局。對於淑女，詩中沒有刻意作正面的描寫，但通過採摘及使用荇菜過程的敘述，對她進行了側面的交代。在周代，祭祀是社會生活中的重大事件，行禮時以主婦助祭，而荇菜是祭祀用品，所以詩中以採摘荇菜來暗喻「淑女」堪為君子的佳偶。詩篇的結尾部分，描寫了君子以奏樂作為手段來求得夫婦間的和諧，這些都表現了周代禮樂文化規範下的道德意識和審美情趣。

由此可知，關於荇菜的描寫對於理解本詩有特別重要的意義。

關關和鳴雎鳩鳥，棲息在黃河沙洲；
賢淑女子身修長，她是君子好配偶。

參差荇菜多錯落，忽左忽右隨水流；
賢淑女子身修長，日夜都想去追求。

百般追求未能得，醒時夢中皆思謀；
思念悠悠長不絕，翻來覆去總心憂。

荇菜參差多錯落，左右採摘已到手；
賢淑女子身修長，琴瑟和鳴作佳偶。

參差荇菜多錯落，祭禮釋布在左右；
賢淑女子身修長，擊鍾擊鼓樂悠悠。

經典名句

關關雎鳩，在河之洲；
窈窕淑女，君子好逑。

註 釋

1. 關關：水鳥的和鳴聲。雎鳩（jū jiū）：朱熹《詩集傳》中說是王雎，應該是指一種形體較大的水鳥，到底是哪種水鳥，至今尚無定論。古人說牠“摯而有別”，即有固定的配偶。

2. 河：古代專指黃河。洲：河中淤積形成的小沙灘。

3. 窈窕：身材頎長。淑：善。詩中“淑女”與“君子”相對，是講婚姻雙方在各方面都匹配。

4. 君子：古代對貴族男子的尊稱。逑（qiú）：配偶。

5. 參差（cēn cī）：錯落的樣子。荇（xìng）菜：一種水草，古人用作祭品。

6. 寤（wù）：醒着。寐（mèi）：睡着。“寤寐”，就是日夜的意思。

7. 琴、瑟：古代樂器的名稱。友：親愛。

8. 芼（mào）：粵音同“茂”，祭祀的時候把菜佈到祭品上。這種儀式叫“奠菜”或“釋菜”。

9. 鐘、鼓：周代貴族典禮中常用的兩種樂器。樂：粵音同“悅”，使……快樂。本句是說“君子”將在結婚的典禮上以鐘鼓奏樂，使“淑女”愉悅。

葛覃

[婚戀]

葛之覃兮[1]，施于中谷[2]；
維葉萋萋。
黃鳥于飛[3]，集于灌木；
其鳴喈喈。

葛之覃兮，施于中谷；
維葉莫莫。
是刈是濩[4]，為絺為綌[5]，
服之無斁[6]。

言告師氏[7]，言告言歸[8]。
薄汙我私[9]，薄澣我衣。
害澣害否[10]，歸寧父母[11]。

【賞析】 本篇是描寫貴族女子準備出嫁的詩。寫的是出嫁，卻先從山谷中景物寫起，長長的葛藤與作為象徵嫁娶時節的黃鳥，營造了女主人公出嫁前的心理氛圍。繼而寫到葛製成的麻布，縫製成穿着舒適的衣裳。詩篇的最後一章才寫到出嫁，又雜以「浣衣」，結構手法別致。

葛藤長又長，蔓延山谷中；

葉子多茂盛。

黃雀展翅飛，停在灌木叢；

喈喈鳴叫聲。

葛藤長又長，蔓延山谷中；

葉子多茂盛。

割來釜中煮，粗細做葛布，

穿着很舒服。

稟告我師傅，告她要出嫁。

快洗那內衣，快洗那衣服。

哪洗哪不洗，出嫁寧父母。

經典名句

黃鳥于飛，
集于灌木；
其鳴喈喈。

註釋

1. 葛：一種藤本植物，纖維可以織布。覃（qín）：粵音同"尋"，長。
2. 施（yì）：蔓延。中谷：即谷中。
3. 黃鳥：黃鶯。于：助詞。
4. 刈（yì）：割取。濩（huò）：煮，通"鑊"。
5. 絺（chī）：粵音同"痴"，細葛布。綌（xì）：粵音同"系"，粗葛布。
6. 斁（yì）：粵音同"意"，厭惡，厭棄。
7. 言：發語詞，無實義。師氏：女師，古代由女師教授婦德、婦言、婦容、婦功。
8. 歸：出嫁。
9. 薄：句首的語助詞，有"迫"的意思。汙：粵音同"烏"，揉搓，指洗衣服。私：內衣。
10. 害（hé）：何，通"曷"。這句是講，哪件該洗，哪件不該洗。
11. 歸：出嫁。寧父母：使父母安寧。全句的意思是女大當嫁，出嫁了好讓父母安心。

卷耳

[婚戀]

采采卷耳[1]，不盈頃筐，
嗟我懷人，寘彼周行[2]。

陟彼崔嵬[3]，我馬虺隤[4]。
我姑酌彼金罍[5]，維以不永懷！

陟彼高岡，我馬玄黃[6]。
我姑酌彼兕觥[7]，維以不永傷[8]！

陟彼砠矣[9]，我馬瘏矣[10]，
我僕痡矣[11]，云何吁矣[12]！

【賞析】本篇寫婦女思念遠行的丈夫。「嗟我懷人」點明了這一主題。從詩中所寫到的馬、僕、金罍等物品可知，這是一對貴族夫婦。第一章以婦女的口吻敍述；接下來的三章可以看作是以丈夫的口吻敍述自己遠行勞苦，以馬的疲憊來指人的身體和精神的疲憊，表達出濃濃的倦旅之意，借酒消愁只是一種無奈的選擇。也可以看作仍是女子口吻，想像中丈夫的艱辛，妻子的思念之情由此傳達了出來。

卷耳採不停，不滿一淺筐，
我心有所思，置筐於路旁。

登那崢嶸山，馬疲不能立。
姑且來飲酒，不必長相憶！

登到高岡上，馬病毛黑黃。
姑且取酒杯，不必憂思長！

登上土石山，我馬病不行。
車夫太疲勞，憂愁一何深！

國風・周南

經典名句

我姑酌彼兕觥，
維以不永傷！

註 釋

1. 采采：採了又採。卷耳：一種野菜。

2. 寘：通"置"，放下。周行（háng）：大道。

3. 陟（zhì）：登上。崔嵬（cuí wéi）：山崢嶸的樣子。

4. 虺隤（huī tuí）：連綿字，散架的樣子，指馬疲憊得很厲害，腿已經支撐不起來了。

5. 姑：姑且。酌：用勺舀酒。金罍（léi）：青銅製容器，盛水或酒。這裏代指酒。

6. 玄黃：馬因為病，毛色變成黑黃色。

7. 兕觥（sì gōng）：粵音同"自轟"，古代酒器。腹橢圓形或方形，有圈足、三足或四足鳥獸形之類，有流和鋬（pàn）。蓋一般呈帶角獸頭形。盛行於商代和西周前期。

8. 傷：憂思。

9. 砠（jū）：粵音同"追"，多土的石山。

10. 瘏（tú）：粵音同"圖"，意同"虺隤"，馬累的樣子。

11. 痡（pū）：粵音同"鋪"，過度疲勞，疲困不能行走。

12. 云：語助詞。何：何等，多麼。吁（xū）：粵音同"虛"，憂愁。

桃夭

[婚戀]

桃之夭夭[1]，　　　　　桃樹苗壯多茂盛，
灼灼其華[2]。　　　　　桃花盛開好鮮明。
之子于歸[3]，　　　　　這個姑娘要出嫁，
宜其室家[4]。　　　　　對那夫家很適宜。

桃之夭夭，　　　　　　桃樹茂盛嫩枝芽，
有蕡其實[5]。　　　　　果實繁多又碩大。
之子于歸，　　　　　　這個姑娘要出嫁，
宜其家室[6]。　　　　　正是適合那夫家。

桃之夭夭，　　　　　　茂盛桃樹真苗壯，
其葉蓁蓁[7]。　　　　　它的葉子多茂盛。
之子于歸，　　　　　　這個姑娘要出嫁，
宜其家人[8]。　　　　　夫家眾人都安寧。

經典名句

桃之夭夭，灼灼其華。
之子于歸，宜其室家。

註釋

1. 夭夭：少壯茂盛的樣子。
2. 灼灼 (zhuó)：桃花鮮豔盛開的樣子。華：今作 "花" 字。
3. 之子：這個人，指新娘。子是古代男女的通稱。于歸：出嫁。
4. 宜：適當。
5. 蕡 (fén)：粵音同 "焚"，果實碩大的樣子。
6. 家室：即室家。
7. 蓁蓁 (zhēn)：茂盛的樣子。
8. 家人：指女子的夫家眾人。

【賞析】 本篇是祝賀婚姻的詩。各章均用少壯茂盛的桃樹起興，是比興與賦法的結合：用桃花寫少女之美麗，用果實來形容少女的壯碩，用茂盛的葉子來形容女子朝氣蓬勃。「宜其室家」、「宜其家室」、「宜其家人」則直接表達了對女子的祝福。詩中讚美的這位健壯美麗的女子，形象類似於《關雎》中的「窈窕淑女」，體現了古人美善結合的審美觀念。

兔罝

[農事]

肅肅兔罝[1]，	兔網糾纏密，
椓之丁丁[2]。	木椿敲進地。
赳赳武夫[3]，	武夫多威武，
公侯干城[4]。	公侯好衛士。
肅肅兔罝，	兔網糾纏密，
施于中逵[5]。	設在大道口。
赳赳武夫，	武夫多威武，
公侯好仇[6]。	公侯好匹耦。
肅肅兔罝，	兔網糾纏密，
施于中林[7]。	設置在林中。
赳赳武夫，	武夫多威武，
公侯腹心[8]。	公侯的親信。

經典名句

肅肅兔罝，椓之丁丁。赳赳武夫，公侯干城。

註釋

1. 肅："縮"的通假字。肅肅，繁密糾纏的樣子。兔罝（jū）：罝，粵音同"追"，捕兔的網。
2. 椓（zhuó）：粵音同"督"，擊打，敲打。這裏是説把繫捕兔網的木椿打進地裏。丁丁（zhēng）：粵音同"爭"，象聲詞，敲擊聲。
3. 赳赳：雄壯勇武的樣子。
4. 公侯：公、侯都是周代的爵位，這裏泛指國君。干：盾牌。城：城牆。干和城都用於防禦，比喻這位武士是一位禦外衛內的人才。
5. 施（yì）：設置。中逵：逵中。逵（kuí），指四通八達的道路。
6. 仇（qiú）：同逑，匹耦。古代行射禮時，兩人一組，即"一耦"，一方為另一方的"仇"，即競技時的伴侶。
7. 中林：林中。
8. 腹心：心腹，親信。

【賞析】詩人以打椿設網捕兔入手，由此聯想到獵人「赳赳武夫」，孔武有力，這樣的人堪為「公侯」之助。在古人的審美觀念中，高大是值得讚美的，如同《關雎》篇的「窈窕淑女」，如同《桃夭》中的壯健美麗的女子，男子的高大勇武也是值得讚頌的。古代的狩獵帶有軍事訓練的性質，非常受重視。所以詩人作詩讚美，全篇生動形象，尤其是詩中「椓之丁丁」的聲音描寫，使得整篇有聲有色，讀來如臨其境，如見其人。

芣苢

[婚戀]

采采芣苢[1]，	茂盛車前子，
薄言采之[2]。	一起去採摘。
采采芣苢，	茂盛車前子，
薄言有之[3]。	已經採了來。
采采芣苢，	茂盛車前子，
薄言掇之[4]。	一起去拾取。
采采芣苢，	茂盛車前子，
薄言捋之[5]。	莖上抹下來。
采采芣苢，	茂盛車前子，
薄言袺之[6]。	衣襟兜回來。
采采芣苢，	茂盛車前子，
薄言襭之[7]。	打包帶回來。

經典名句

采采芣苢，薄言采之。
采采芣苢，薄言有之。

註釋

1. 采采：茂盛的樣子。芣苢（fú yǐ）：粵音同"浮以"，一種草藥，即車前子，古人認為它的籽可以治療婦女不孕和難產。
2. 薄言：都是語助詞。薄，有"迫"的意思。言，通"焉"。
3. 有：採而有之，採到了。
4. 掇（duó）：粵音同"茁"，拾取。
5. 捋（luō）：粵音同"劣"，從莖上成把地把籽抹下來。
6. 袺（jié）：粵音同"結"，手提衣襟兜東西。
7. 襭（xié）：粵音同"揭"，用衣襟的角繫在腰帶上兜東西。

【賞析】本篇描繪了一羣婦女採集車前子的情景，這是一種民俗活動。車前子是一種草藥，據說可以治療婦女不孕和難產，所以舊說認為本篇是寫「和平則婦人樂有子矣」。在寫法上，全詩通過幾個動詞換用，意思遞進，越採越多，也越採越高興。

從採摘過程的詳細描寫，表明了她們心情的喜悅。

漢廣

[婚戀]

南有喬木¹，不可休息²。

漢有遊女³，不可求思。

漢之廣矣，不可泳思。

江之永矣⁴，不可方思⁵。

翹翹錯薪⁶，言刈其楚⁷。

之子于歸，言秣其馬⁸。

漢之廣矣，不可泳思。

江之永矣，不可方思。

翹翹錯薪，言刈其蔞。

之子于歸，言秣其駒。

漢之廣矣，不可泳思。

江之永矣，不可方思。

南方有高樹，
樹下不能休。
女子遊漢水，
不可隨意求。
漢水多寬闊，
欲渡不能游。
江水長又長，
不能乘筏絕水流。

野外草木高，
割取細荊條。
女子將出嫁，
將馬來餵飽。
漢水多寬闊，
欲渡不能游。
江水長又長，
不能乘筏絕水流。

野外草木高，
割取那蔞蒿。
女子將出嫁，
馬駒要餵飽。
漢水多寬闊，
欲渡不能游。
江水長又長，
不能乘筏絕水流。

【賞析】漢水之濱一位男子追求所愛慕的女子，而似乎尚未如願以償。「漢有遊女，不可求思」是本篇的主題：漢不可泳，江不可方比喻求愛不得的失落心情。第二、三章雜以想像之辭，析薪、餵馬都是想像中的準備結婚的情形。詩中形象朦朧的遊女，浩淼的江漢，與詩人心中的思慕交織在一起，使詩歌帶有憂鬱與感傷的氣息。

經典名句

漢之廣矣，不可泳思。江之永矣，不可方思。

註釋

1. 喬木：高大的樹木。
2. 休息：韓詩作 "休思"，即在樹下休息。休，即休息；思，句尾的語助詞。這裏用 "休息"，亦通。
3. 漢：漢水，源出於陝西省西南寧強縣，東流至湖北省漢陽入長江。遊：出遊。
4. 江：長江。永：長。
5. 方：古代稱筏子為方，這裏指乘筏渡水。
6. 翹翹：高出的樣子。錯薪：生在野地的草木雜柴。
7. 刈（yì）：割。楚：荊條。
8. 秣（mò）：餵馬。

召　南

鵲巢

[婚戀]

維鵲有巢[1]，	喜鵲築好巢，
維鳩居之[2]。	鳲鳩來住進。
之子于歸，	女子要出嫁，
百兩御之[3]。	百車來相迎。

維鵲有巢，	喜鵲築好巢，
維鳩方之[4]。	鳲鳩來佔有。
之子于歸，	女子要出嫁，
百兩將之[5]。	百車來護衛。

維鵲有巢，	喜鵲築好巢，
維鳩盈之[6]。	鳲鳩住滿門。
之子于歸，	女子要出嫁，
百兩成之[7]。	百車成婚姻。

經典名句

維鵲有巢，維鳩居之。
之子于歸，百兩御之。

註釋

1. 維：句首語氣詞。鵲：喜鵲。
2. 鳩：鳲（shī）鳩，布穀鳥。
3. 兩：同"輛"。百兩：百輛車。諸侯嫁女，大家以百輛車迎接。御：迎接。
4. 方：佔有。
5. 將：護衛。
6. 盈：滿，指住滿。
7. 成：指結婚禮成。

【賞析】

本篇是讚美婚配的詩篇。全篇三章章法相似，形成重章複唱的結構，適於典禮之上的反覆吟詠。前兩句都用鳩住進鵲巢來起興，比喻新娘出嫁到夫家，洋溢着一種喜慶的氣氛。接下來講到「之子于歸」，百車相迎，結婚禮成，反映了婚禮場面的盛大，可見詩中的主人公應是國君一級的貴族。

13

采蘩

[農事]

于以采蘩[1]？	該去哪裏採白蒿？
于沼于沚[2]。	在小沙洲與水池。
于以用之？	白蒿採來作何用？
公侯之事[3]。	用於公侯祭祀事。
于以采蘩？	該去哪裏採白蒿？
于澗之中。	兩山之間夾澗中。
于以用之？	白蒿採來作何用？
公侯之宮[4]。	用於公侯宗廟中。
被之僮僮[5]，	頭上髮髻高高聳，
夙夜在公[6]。	祭祀不能忘恭敬。
被之祁祁[7]，	髮上首飾多美盛，
薄言還歸[8]。	公事完畢回家中。

經典名句

被之僮僮，夙夜在公。
被之祁祁，薄言還歸。

註釋

1. 于：在。蘩（fán）：白蒿，用以祭祀。
2. 沼：水池。沚：粵音同"止"，水中的小沙灘。
3. 公侯之事：指公侯的祭祀。
4. 宮：指宗廟，進行祭祀的地方。
5. 被：通"髲"（bì），假髮，指古代婦女用假髮梳成的高髻。僮僮：髮髻高聳的樣子。
6. 夙夜：先秦時代的成語，原義為"早晚"，引申為"敬"，意思是恭敬地從事某項工作。
7. 祁祁：盛大的樣子，這裏形容首飾的美盛。
8. 薄、言：都是語助詞。薄：有"迫"的意思。言：通"焉"。歸：返回。

【賞析】本篇描寫的是貴族婦女採蘩準備用於祭祀的情形。前兩章一問一答，敍述出採蘩的過程以及用途。「夙夜在公」是先秦時代的成語，含有「恭敬」的意義。

本篇最後一章用這個成語，體現了古人們對祭祀懷有的恭敬心態。

行露

[婚戀]

厭浥行露[1]，	道路濕潤多露水，
豈不夙夜[2]？	做事哪敢不恭敬？
謂行多露！	託辭道路多露水！
誰謂雀無角[3]，	誰説雀兒沒嘴角，
何以穿我屋？	如何穿透我的屋？
誰謂女無家[4]，	誰説你尚無妻室，
何以速我獄[5]？	為何使我來應訴？
雖速我獄，	雖然讓我遭訴訟，
室家不足[6]。	要想成婚不可能！
誰謂鼠無牙，	誰説老鼠沒有牙，
何以穿我墉[7]？	如何穿破我的牆？
誰謂女無家，	誰説你尚無妻室，
何以速我訟？	為何使我惹官司？
雖速我訟，	雖然官司惹上身，
亦不女從[8]！	卻休想我來順從！

經典名句

誰謂女無家，何以速我訟？雖速我訟，亦不女從！

註釋

1. 厭浥（yì）：濕的樣子。行（háng）：粵音同"航"，道路。
2. 夙夜：早晚，引申為"敬"。
3. 角：鳥喙。
4. 女：古"汝"字。家：家室，娶妻成家。
5. 速：招致。獄：訴訟，官司。
6. 室家：古代男子有妻叫"有室"，女子有夫叫"有家"，這裏指結婚。
7. 墉：粵音同"容"，牆。
8. 女從："從女"的倒裝。從：順從。

【賞析】 本篇是女子拒婚的詩歌，她堅決的態度和反詰的語氣表達得酣暢淋漓。詩中涉及了訴訟問題，可見男女雙方爭執很大。本詩三章句數不相當，而且第一章意義不連貫，單從字面來看似乎很難理解。秦代焚書坑儒之後，因為《詩經》宜於誦記，口耳相傳，所以得以較完整地保留。但從本詩來看，恐怕也未必沒有錯漏，本詩的第一章可能就是罕見的錯簡。

小星

[感懷]

嘒彼小星[1]，	小星閃閃發微光，
三五在東。	三顆五顆皆在東。
肅肅宵征[2]，	夜裏趕路急匆匆，
夙夜在公。	公家之事敬執從，
寔命不同[3]！	命運真個是不同！

嘒彼小星，	小星閃閃發微光，
維參與昴。	是那參星與昴星。
肅肅宵征，	夜裏趕路急匆匆，
抱衾與裯[4]。	拋家捨業受苦辛。
寔命不猶[5]！	這命真是不如人！

經典名句

嘒彼小星，三五在東。
肅肅宵征，夙夜在公。

註釋

1. 嘒（huì）：粵音同“彗”，形容星光微小而明亮。
2. 肅肅：疾行的樣子。宵：夜。征：道路。
3. 寔（shí）：粵音同“實”，這。
4. 抱：“拋”的假借字。衾（qīn）：被子。裯（chóu）：粵音同“綢”，牀帳。拋下被帳意謂不能安居。
5. 猶：如。不猶：不如別人命好。

【賞析】一個小官吏行役在外，日夜兼程，不能安居，抱怨自己的不幸。全篇共兩章，結構相似，皆以「嘒彼小星」起興。參昴在天正是夜中，本來應該在家休息，自己卻「肅肅宵征」，不能安居。雖然他也表示「夙夜在公」，認為應該恭敬從事於公事。而「寔命不同」、「寔命不猶」，則忍不住再次抱怨自己的不幸。從這位小官吏的幾次情緒反覆變化中可以看出他的恭敬從命而又無奈的心情。歷史上曾有人將此詩誤解為小妾所述，故用「小星」指代小妾。

江有汜

[感懷]

江有汜[1]，	江水有支汊，
之子歸[2]，	新人娶進門，
不我以[3]。	不再要我了。
不我以，	不再要我了，
其後也悔。	將來後悔吧。
江有渚[4]，	江中有沙洲，
之子歸，	新人娶進門，
不我與[5]。	不與我一起。
不我與，	不與我一起，
其後也處[6]。	必將後悔矣。
江有沱[7]，	江水有支流，
之子歸，	新人娶進門，
不我過[8]。	不到我這裏。
不我過，	不到我這裏，
其嘯也歌[9]。	長歌洩悲憤。

經典名句

江有汜，之子歸，不我以。不我以，其後也悔。

註釋

1. 汜（sì）：粵音同"似"，小水從大水裏分流出來而又流入大水的叫汜。
2. 之子：這個人，指丈夫的新歡。歸：嫁來。
3. 以：用。不我以，即"不以我"的倒裝，意思是不需要我了。
4. 渚：江中的小洲。
5. 與：同。
6. 處：止，因悔過而停止以前的錯誤行為。
7. 沱（tuó）：長江的支流。
8. 過：到。
9. 嘯：撮口發出長而清越的聲音。

【賞析】

本篇是棄婦哀傷，自我安慰的詩。小水從大水裏分流出來而又流入大水的叫汜，詩篇的女主人公用以比喻丈夫另有新歡，並幻想能夠與其重好如初。但現實是無情的，在百般無奈之下，悲憤之餘，只能長歌當哭，以洩憤懣。

邶　風

綠衣

【婚戀】

綠兮衣兮[1]，　　　　綠色衣啊綠色衣，
綠衣黃裏。　　　　　綠色外衣黃襯裏。
心之憂矣，　　　　　愁腸百轉心千結，
曷維其已[2]。　　　　何時憂愁才能止。

綠兮衣兮，　　　　　綠色衣啊綠色衣，
綠衣黃裳[3]。　　　　綠色上衣黃下衣，
心之憂矣，　　　　　愁腸百轉心千結，
曷維其亡[4]。　　　　何時憂愁才能忘。

綠兮絲兮，　　　　　綠色絲啊綠色絲，
女所治兮[5]。　　　　綠絲本是你手織。
我思古人[6]，　　　　睹物思人念亡妻，
俾無訧兮[7]。　　　　是你使我無過失。

絺兮綌兮[8]，　　　　細葛衣啊粗葛衣，
淒其以風。　　　　　穿在身上有涼意。
我思古人，　　　　　睹物思人念亡妻，
實獲我心。　　　　　樣樣都合我心意。

經典名句

絺兮綌兮，淒其以風。我思古人，實獲我心。

註釋

1. 衣：上衣。
2. 曷：何，維：語助詞。已：結束，指結束憂愁。
3. 裳：下衣，類似今天的裙子。
4. 亡：通"忘"，忘記。
5. 女：通"汝"。治：紡織。
6. 古人：故人，指作者的亡妻。
7. 俾（bǐ）：使。訧（yóu）：粵音同"由"，差錯，過失。
8. 絺（chī）：細葛布。綌（xì）：粗葛布。

【賞析】這是一篇悼念亡妻之作。詩人看到綠衣，想到這是亡妻親手縫製，不禁睹物思人，黯然神傷，言語雖然簡單，但感情卻極為真摯，令讀者動容。詩篇迴環往復、一唱三歎，表達了對亡妻深切的悼念。

柏舟

[感懷]

汎彼柏舟[1]，亦汎其流。
耿耿不寐[2]，如有隱憂。
微我無酒，以敖以遊[3]。

我心匪鑒[4]，不可以茹[5]。
亦有兄弟，不可以據。
薄言往愬[6]，逢彼之怒[7]。

我心匪石，不可轉也。
我心匪席，不可卷也。
威儀棣棣[8]，不可選也[9]。

憂心悄悄[10]，慍于羣小[11]。
覯閔既多[12]受侮不少。
靜言思之，寤辟有摽[13]。

日居月諸[14]，胡迭而微[15]。
心之憂矣，如匪澣衣[16]。
靜言思之，不能奮飛。

【賞析】關於本篇主旨，《詩序》說：「《柏舟》，言仁而不遇也。衛頃公之時，仁人不遇，小人在側。」說明這是一篇反映社會黑暗，奸佞當權，而仁人志士遭遇小人迫害的詩歌。詩篇首章以河中漂流的柏舟起興來表達心中的不安與隱憂；二、三章寫自己無所依靠，但依然會維持尊嚴與原則，不會屈服於奸佞勢力；四、五章以頓足捶胸的姿態表達了作者的悲憤與無奈，用「心之憂矣，如匪澣衣」來形容內心的不安，非有切身體會者不能言之。

柏木小船泛水中，無所依歸隨波流。
心緒不安不能眠，胸中藏有無限愁。
不是無酒來消愁，不是無處可遨遊。

我心不是青銅鏡，一切事物皆可照。
也有親人和兄弟，冷酷無情難依靠。
想找他們去訴苦，對我發怒不關照。

我心不是一塊石，可以隨意來轉移。
我心不是一片席，可以隨意來捲起。
儀表威嚴又雍容，不願奴顏又屈膝。

憂思重重若煎熬，眾多小人令人惱。
遭遇苦難已很多，身受屈辱也不少。
細細尋思種種事，醒來捶胸恨難消。

太陽月亮在天上，為何此刻卻不亮？
我心憂愁又惆悵，好比未洗髒衣裳。
細細尋思種種事，無法展翅高飛翔。

經典名句

我心匪石，不可轉也。
我心匪席，不可卷也。

註 釋

1. 汎 (fàn)：粵音同 "範"，飄盪。柏舟：柏木製的小舟。
2. 耿耿：憂愁不安的樣子。
3. 以：用來。敖：通 "遨"，遨遊。
4. 匪：非。鑒：古代一種盛水照面的器物，後來鏡子也稱為鑒。
5. 茹：容納、包含。以上兩句是說：我心不是鏡子，不能像鏡面含影那樣甘心忍辱含垢。
6. 薄言：語助詞。薄，含有 "迫" 的意思；言，通 "焉"。
7. 彼：指兄弟。
8. 棣棣：儀表威嚴，舉止得體的樣子。
9. 選：屈服退讓。不可選也，指身處逆境，但不願委曲求全。
10. 悄悄 (qiǎo)：憂傷的樣子。
11. 慍 (yùn)：粵音同 "運"，怨恨。羣小：眾多小人。
12. 覯 (gòu)：粵音同 "夠"，遭遇。閔 (mǐn)：粵音同 "敏"，憂患。既多：已經很多。
13. 寤：醒着。辟：通 "擗" (pǐ)，用手拍胸，是心痛的表現。摽 (biào)：拍胸膛的聲音。
14. 日居月諸：即日月居諸。意思是日月在天上相應的位置。
15. 胡：何，為何。迭：更迭、輪流。微：指日月虧缺無光，即日食、月食。
16. 浣：粵音同 "惋"，洗。匪浣衣：沒有洗的髒衣服，形容憂患在心，不能安定。

擊鼓

[戰爭]

擊鼓其鏜¹，踴躍用兵²。
土國城漕³，我獨南行。

從孫子仲⁴，平陳與宋⁵。
不我以歸，憂心有忡！

爰居爰處？爰喪其馬？
于以求之？于林之下。

死生契闊⁶，與子成說⁷。
執子之手，與子偕老⁸。

于嗟闊兮⁹，不我活兮¹⁰！
于嗟洵兮¹¹，不我信兮！

敲打戰鼓咚咚響，
士兵踴躍練刀槍。
別人國內築城牆，
我獨從軍到南方。

跟隨將軍孫子仲，
將要聯合陳與宋。
不讓我們回家鄉，
想起親人心上痛！

不知居住在何方？
不知戰馬喪何處？
哪裏去覓征人骨？
山林之下樹深處。

生離死別各一方，
當初誓言在心裏。
曾望緊握你的手，
與你到老情不移。

可歎相隔太遙遠，
我們難以再相見。
可歎離別太長久，
誓約難守苦無邊。

經典名句

死生契闊，與子成說。執子之手，與子偕老。

註釋

1. 擊鼓：敲鼓。鏜（tāng）：象聲詞，粵音同"湯"，形容戰鼓咚咚。
2. 踴躍：形容演習或戰鬥中跳躍擊刺的樣子。兵：兵器。
3. 土國：在國內服役修建土城。城漕：在漕邑內修建城牆。
4. 孫子仲：人名，此次領兵出征的主將。
5. 平：聯合。陳、宋：春秋時期的兩個諸侯國名。
6. 契：合。闊：離。死生契闊，指生死聚散。
7. 子：你。成說：立下誓言。
8. 偕老：共同白頭到老。
9. 于：通"籲"。籲嗟：悲傷的感歎詞。
10. 活：同"佸"（huó），團聚，相聚。
11. 洵（xún）：久遠，指別離已久。

【賞析】這是一篇征人思鄉之詩。首章寫為國征戰，獨行南方，二章寫久不回鄉，憂心忡忡，三章寫居無定所，生死難測，四章寫對妻子的眷戀，希望能夠白頭到老，五章慨歎路途遙遠，相見困難。「飢者歌其食，勞者歌其事」，詩篇真實反映了遠征戍卒的悲苦無奈。戍卒叮嚀家人在山林深處尋其白骨，其語催人淚下。「死生契闊，與子成說。執子之手，與子偕老」表達了作者的真摯情感與美好理想，遂成為打動人心的千古名句。

凱風

[讚頌]

凱風自南[1]，吹彼棘心[2]。
棘心夭夭[3]，母氏劬勞[4]。

凱風自南，吹彼棘薪[5]。
母氏聖善[6]，我無令人[7]。

爰有寒泉[8]，在浚之下[9]。
有子七人，母氏勞苦。

睍睆黃鳥[10]，載好其音[11]。
有子七人，莫慰母心。

和風徐徐自南方，
吹拂酸棗幼芽上。
酸棗枝葉真豐茂，
母親勞苦將兒養。

和風徐徐南吹來，
酸棗長成可當柴。
母親明智品德好，
子女卻是不成材。

清洌寒泉在何處？
源頭從那浚邑出。
子女七人已長大，
母親仍是獨勞苦。

圓潤婉轉黃鳥鳴，
歌聲關關留好音。
子女七人已長大，
無人能慰母親心。

經典名句

凱風自南，吹彼棘心。棘心夭夭，母氏劬勞。

註釋

1. 凱風：南風，古人認為"南風長養萬物，萬物喜樂，故曰"凱風"。
2. 棘：酸棗樹。心：這裏指草木萌生的幼芽。
3. 夭夭：枝葉茂盛的樣子。
4. 劬（qú）勞：操勞、勞苦。
5. 薪：酸棗樹長到可以當柴燒，比喻子女成長。
6. 聖善：明智而有美德。
7. 令：善。
8. 爰：粵音同"元"，哪裏、何處。寒泉：在衛國浚邑，今河南濮陽南，泉水常年清洌，故名寒泉。
9. 浚（xùn）：浚邑，今河南的浚縣。
10. 睍睆（xiàn huàn）：粵音同"獻換"，形容黃鳥圓潤婉轉的叫聲。黃鳥：黃鶯。
11. 載：則。好其音：聲音清亮悅耳。

【賞析】這是一篇歌頌母愛，表達子女自責、慚愧心情的詩作。詩篇以長養萬物的南風吹拂酸棗樹起興，比喻母親以博大胸懷養育子女成長，母親為子女勞苦憔悴，而子女七人卻不能成材以慰母心，情感真摯，動人肺腑。母親養育之恩天高地厚，兒女難能報答其萬一，無怪唐朝詩人孟郊有詩云："誰言寸草心，報得三春暉。"

谷風

[婚戀]

習習谷風[1]，以陰以雨[2]。
黽勉同心[3]，不宜有怒。
采葑采菲[4]，無以下體[5]。
德音莫違，及爾同死[6]。

行道遲遲[7]，中心有違[8]。
不遠伊邇，薄送我畿[9]。
誰謂荼苦[10]？其甘如薺[11]。
宴爾新昏[12]，如兄如弟。

涇以渭濁[13]，湜湜其沚[14]。
宴爾新昏，不我屑以[15]。
毋逝我梁[16]，毋發我笱[17]。
我躬不閱[18]，遑恤我後[19]。

就其深矣，方之舟之。
就其淺矣，泳之游之[20]。
何有何亡，黽勉求之。
凡民有喪，匍匐救之[21]。

【賞析】這是一篇被棄女子訴苦之詩。首章以天氣變化喻丈夫變心，丈夫無視妻子的美德，忘記了當初的甜言蜜語，經常對妻子發脾氣。二章寫女子被趕走，心中淒苦，而丈夫「但見新人笑，哪聞舊人哭」。三章寫女子被趕後，初仍記掛着家務事，轉念一想：我自身尚不見容於家中，哪裏還顧得了身後之事呢！淒涼哀婉，令人同情。四、五兩章寫女子勤勞持家，家庭窮困時艱難度日，而生活好轉後，丈夫卻喜新厭舊，視妻子如毒蟲。末章寫女子被丈夫疏遠後，整日勞苦受委屈，回想當年不禁心酸。詩篇娓娓道來，敍述沉痛，將被棄的心痛與震驚，表達得淋漓盡致。

烈風颯颯山谷起，陰雲密佈冷雨淒。

夫妻勉力結同心，不該對我發脾氣。

採摘蔓菁與蘿蔔，怎能把根留地裏？

當初誓言別忘記，與你生死不分離。

道路漫漫獨向前，心中怨恨向誰言。

不肯將我稍遠送，勉強送到大門前。

誰說荼菜苦無比？在我吃如薺菜甜。

你們新婚多快樂，情似手足密無間。

涇水遇渭變渾濁，涇水底下依然清。

你們新婚多快樂，對我不理多淒清。

不要去我魚壩上，不要搞亂我魚籠。

可憐我身不見容，何顧去後諸事情。

若是遇到深水淵，就用竹筏和木船。

若是遇到淺水潭，那就游泳過對岸。

何有何無我明白，盡力操持真艱難。

鄰居若有災禍事，竭盡全力去救援。

註 釋

1. 習習：大風的聲音。谷風：山谷中的烈風。
2. 以：又。以陰以雨，指隨着烈風而至的是陰雨天氣，以天氣變化來比喻夫妻感情的變化。
3. 黽 (mǐn) 勉：勉力。同心：同心同德。
4. 葑：粵音同 "封"，蔓菁。菲 (fěi)：粵音同 "匪"，蘿蔔之類。
5. 以：用。下體：指蔓菁、蘿蔔的塊莖，古人以為是根，此處以喻女子的道德品質。
6. 及爾同死：與你白頭偕老、同生共死。
7. 行 (háng) 道：道路。遲遲：道路迂曲漫長的樣子。
8. 中心：心中。違：久積的怨恨。
9. 薄：語助詞。畿 (jī)：門檻。薄送我畿，勉強送我到門口。
10. 荼：苦菜。
11. 薺 (jì)：粵音同 "濟"，薺菜，味甜。
12. 宴：快樂。昏："婚" 的本字。
13. 涇、渭：皆水名，源於甘肅，在陝西高陵縣合流，涇水清澈，渭水渾濁。涇以渭濁，指渭水將涇水搞渾，用以比喻丈夫的新婦將女子的生活搞亂。
14. 湜湜 (shí)：粵音同 "實"，水清澈見底的樣子。
15. 不我屑以：丈夫不肯親近我。
16. 逝：往、去。梁：魚壩，用石頭攔阻水流，中間留有缺口以捕魚。
17. 發：亂動。笱 (gǒu)：捕魚用的竹簍。
18. 躬：自身。閱：容。我躬不閱，我自身尚且不能見容於丈夫。
19. 遑：何暇，怎能。常用於反問句。恤：顧惜。遑恤我後，哪裏顧得上身後之事呢？
20. 泳：潛在水中游。游：浮在水面游。以上兩句是說，遇到那淺水便游泳渡過。
21. 匍匐：手足並行，這裏有 "竭盡全力" 的意思。

25

不我能慉[22]，反以我為讎。
既阻我德[23]，賈用不售[24]。
昔育恐育鞫[25]，及爾顛覆[26]。
既生既育，比予于毒。

我有旨蓄[27]，亦以禦冬。
宴爾新昏，以我禦窮。
有洸有潰[28]，既詒我肄[29]。
不念昔者，伊余來墍[30]！

不但不能把我愛，反而將我當仇敵。

我的美德看不到，好比貨物無人理。

當初生活多艱難，遭遇挫折苦重重。

已經生兒又育女，你卻視我為毒蟲。

我有美味乾菜葉，儲存起來好過冬。

你們新婚多快樂，用我儲備來禦窮。

粗聲惡氣打罵兇，家務勞苦又繁重。

全然不念昔日情，當初恩愛已成空。

22 慉（xù）：粵音同"蓄"，愛。不我能慉，不能愛我。
23 阻：拒絕。
24 賈（gǔ）：賣。用：貨物。不售：賣不出去。以上兩句是說，丈夫看不到我的好處，好比有好東西卻沒有人買。
25 育：生活。恐：恐慌。鞠（jū）：粵音同"菊"，貧窮。
26 顛：跌倒。覆：翻倒。顛覆，指生活經受挫折，遭遇患難。
27 旨：美。蓄：乾菜，鹹菜。
28 洸（guāng）：動武的樣子。潰（kuì）：暴怒，怒罵。
29 詒（yí）：留給。肄（yì）：勞苦。
30 伊：此。余：我。來：語助詞。既（jì）：粵音同"既"，愛。以上兩句是說，你一點也不顧念我當初嫁你時的一片情意。

經典名句

誰謂荼苦？其甘如薺。
宴爾新昏，如兄如弟。

雄雉

[婚戀]

雄雉于飛[1]，泄泄其羽[2]。
我之懷矣，自詒伊阻[3]！

雄雉于飛，下上其音。
展矣君子[4]，實勞我心[5]！

瞻彼日月[6]，悠悠我思！
道之云遠[7]，曷云能來？

百爾君子，不知德行。
不忮不求[8]，何用不臧[9]？

雄雉展翅自飛翔，
翩翩起舞展翅膀。
苦苦思念心上人，
獨懷憂思天一方！

雄雉展翅自飛翔，
飛上飛下鳴聲響。
苦苦思念心上人，
憂思苦念情惆悵！

日月更迭歲月長，
悠悠思念不能忘！
道路遙遙使人愁，
何時他能回家鄉？

眾多貴族一個樣，
不做好事無修養。
丈夫不妒又不貪，
為何事事不順當？

經典名句

瞻彼日月，悠悠我思！道之云遠，曷云能來？

註釋

1. 雉（zhì）：野雞，此處以雄雉比喻女子的丈夫。
2. 泄泄（yì）：鳥翅膀舒展的樣子。
3. 詒（yí）：通"貽"，遺留。伊：他。阻：借為"戚"，憂傷。
4. 展：誠、的確。
5. 勞：憂思。實勞我心，即"我心實勞"。
6. 瞻：遠望。
7. 云：語助詞。下句"曷"、"云"義同。
8. 忮（zhì）：粵音同"至"，嫉妒。
   求：貪婪。
9. 臧：粵音同"裝"，善、好。以上兩句是說，丈夫不貪不妒，應該凡事順當，為何在外服役久久不歸呢？

【賞析】

這是一篇女子思念久役不歸的丈夫的詩作。前兩章以雄雉飛翔起興，喻丈夫遠行在外，女子獨守空閨，夫妻天各一方。三章寫了女子綿綿的思念，看到歲月更迭，丈夫卻久役不歸，心中更加愁苦。最後一章以對統治者的反問掩藏着悲憤，生動地表達了女子的痛惜心情，足以引起讀者共鳴。

式微

[戰爭]

式微式微[1]，　　　黃昏日暮天色暗，

胡不歸[2]？　　　　為何不能往家還？

微君之故[3]，　　　若非為君服役故，

胡為乎中露[4]？　　怎能忙碌風露間？

式微式微，　　　　黃昏日暮天色暗，

胡不歸？　　　　　為何不能往家還？

微君之躬[5]，　　　若非為君貴體故，

胡為乎泥中？　　　怎能忙碌泥水間？

經典名句

式微式微，胡不歸？
微君之故，胡為乎中露？

註釋

1. 式：發語詞。微：通"昧"，幽暗，這
   裏指天黑。
2. 胡：為何。歸：回家。
3. 微：非，若非，要不是。故：原因。
4. 中露：露中，指冒着風霜雨露勞作不息。
5. 躬：身。

【賞析】這是一篇服役者思歸不得而抒發怨憤的詩歌。日暮天暗本已是應該回家的時候了，可是無休止的勞役，使得行役者風餐露宿，在泥途中掙扎，他們用這首短短的歌唱出了生活的艱辛和內心的悲憤。

簡兮

[讚頌]

簡兮簡兮[1]，方將萬舞[2]。
日之方中，在前上處。
碩人俁俁[3]，公庭萬舞。

有力如虎，執轡如組[4]。
左手執籥[5]，右手秉翟[6]。
赫如渥赭[7]，公言錫爵[8]。

山有榛[9]，隰有苓[10]。
云誰之思[11]？西方美人[12]。
彼美人兮，西方之人兮！

舞師威武又雄壯，
指揮萬舞將開場。
紅日此刻天中央，
舞師列前站首行。
身材高大又威武，
廟堂庭前演萬舞。

身強力壯如猛虎，
手執韁轡如織組。
左手緊握那短笛，
右手執著山雞羽。
面龐如塗紅色土，
衛公賜酒誇好舞。

看那山上有榛樹，
甘草長在低窪處。
誰是我的心上人？
西方美男我愛慕。
美男子啊美男子，
西方男子我愛慕。

經典名句

云誰之思？西方美人。彼美人兮，西方之人兮！

註釋

1. 簡：威武的樣子。
2. 方將：正要。萬舞：古代的一種用於祭祀的大型舞蹈。表演時，舞者手執干戚等兵器和雉雞尾羽而舞。
3. 碩人：身材高大的人。俁俁（yǔ）：粵音同"與"，英武雄壯的樣子。
4. 執轡：手握馬韁。如組：如編織的一排排絲線。
5. 籥（yuè）：古樂器，形似笛子而小。
6. 秉：執、拿。翟（dí）：粵音同"敵"，野雞尾上的羽毛。
7. 赫：紅色。渥（wò）：濃厚。赭（zhě）：紅土。
8. 公：古代爵位的一種，這裏指衛國國君。錫：通"賜"，賞賜。爵：古代酒器的一種，此處指賜賜美酒。
9. 榛：樹名，果實似栗子而小。
10. 隰（xí）：粵音同"習"，低濕的地。苓：甘草。
11. 云誰之思：我思念的人是誰呢？
12. 美人：這裏指美男子。

【賞析】

衛國女子讚美所愛舞師的情歌。這位女子在公庭觀看萬舞表演時，為領舞舞師的英俊瀟灑、陽剛威武、風度翩翩所吸引。首章寫萬舞即將開始，氣氛凝重而神聖。二章寫舞師矯健英武、容光煥發，而衛公也高興地賜酒。末章反覆吟唱了對舞師的愛慕。萬舞是一種武舞，特別適於表現男子的陽剛之氣。舞師為「西方之人」，從當時政治文化中心周地而來。詩人的感受既有時代的特點，也有古今同理的一面。

北風

［戰爭］

北風其涼，雨雪其雱[1]。

惠而好我[2]，攜手同行[3]。

其虛其邪[4]？既亟只且[5]！

北風其喈[6]，雨雪其霏。

惠而好我，攜手同歸。

其虛其邪？既亟只且！

莫赤匪狐[7]，莫黑匪烏。

惠而好我，攜手同車。

其虛其邪？既亟只且！

北風呼嘯透骨涼，
雪花漫天紛飛揚。
惠我愛我好朋友，
共同攜手去他鄉。
怎能猶豫又徘徊？
處境危急國將亡！

北風呼嘯颯颯響，
雪花漫天紛飛揚。
惠我愛我好朋友，
共同攜手去他鄉。
怎能猶豫又徘徊？
處境危急國將亡！

沒有狐狸毛不紅，
難分烏鴉黑兩樣。
惠我愛我好朋友，
攜手同車赴他鄉。
怎能猶豫又徘徊？
處境危急國將亡！

【賞析】這是一篇衛國百姓相伴逃亡之詩。詩篇以寒冷勁吹的北風、漫天飛舞的雪花起興，喻當時社會腐敗，政治混亂，人民不堪忍受統治者的暴虐。詩篇三章皆以「其虛其邪？既亟只且」結尾，語調急促，給人強烈的藝術感染。

經典名句

北風其涼，雨雪其雱。惠而好我，攜手同行。

註 釋

1. 雨（yù）：此處為動詞，雨雪即下雪。 雱（páng）：粵音同 "旁"，形容雪下得很大。
2. 惠：好，友愛。惠而好我，對我十分友好。
3. 攜手同行（háng）：互相攜手而去。下文 "攜手同歸"、"攜手同車" 義同。
4. 虛："舒" 的假借字。邪："徐" 的假借字。其虛其邪，指猶豫不定，躊躇不前。
5. 亟（jí）：危急。既亟，事已緊急。只且（jū）：且，粵音同 "追"。語助詞。
6. 喈（jiē）：粵音同 "街"，北風颳得快而有聲的樣子。
7. 匪：非。以下兩句是説沒有不紅的狐狸，沒有不黑的烏鴉，比喻當政者都是一樣的惡劣。

靜女

[婚戀]

靜女其姝[1]，	美麗嫻靜好姑娘，
俟我于城隅[2]。	約我相見城牆邊。
愛而不見[3]，	為何藏起不露面？
搔首踟躕[4]。	撓頭徘徊急煎煎。
靜女其孌[5]，	美麗嫻靜好姑娘，
貽我彤管[6]。	送我彤管情意長。
彤管有煒[7]，	紅光閃閃多可愛，
說懌女美[8]。	我真喜愛你漂亮。
自牧歸荑[9]，	贈我牧場白茅草，
洵美且異。	確實美妙又奇異。
匪女之為美[10]，	不是茅草多美麗，
美人之貽[11]。	美人所贈有深意。

經典名句

自牧歸荑，洵美且異。匪女之為美，美人之貽。

註釋

1. 靜：端莊嫻靜。姝（shū）：粵音同"書"，美麗的樣子。
2. 俟（sì）：等待。城隅：城角樓。
3. 愛：通"薆"，隱蔽。不見：不現，指姑娘隱藏起來不讓小伙子看見。
4. 搔首：撓頭。踟躕：走來走去，形容小伙子找不到愛人焦急不安的樣子。
5. 孌（luán）：粵音同"暖"，容貌美好。
6. 貽：贈送。彤管：漆成紅色的管樂器。
7. 煒（wěi）：紅光鮮明的樣子。
8. 說：通"悅"。說懌（yì）：懌，粵音同"亦"。喜愛。女：古"汝"字，這裏指彤管。
9. 荑（tí）：白茅。歸：通"饋"，即贈送。自牧歸荑，把從牧場採來的白茅草贈給我。
10. 匪：非。以下兩句是說，不是白茅草美麗奇異，我愛惜它因為它是美人所贈。
11. 美人：對愛人的美稱，《詩經》中屢以"美人"稱美男子。

【賞析】這是一篇描寫青年男女約會的詩。首章寫這對戀人約在城角樓相見，美麗活潑的姑娘故意躲起來不見他，小伙子撓着頭，走來走去，焦急不安。二章表達了小伙子面對姑娘所送的禮物，愛如珍寶。末章寫男子回贈從牧場帶來的白茅。在《詩經》中，白茅有特定含義，經常用在表達愛情的場景中。女主人公對這一禮物所表達的情意心領神會。詩篇意境優美，風格輕快，表現了周代社會中青年男女戀愛中所表達的甜蜜與浪漫。

鄘風

鶉之奔奔

[諷諫]

鶉之奔奔[1]，　　　　　　　鵪鶉雙雙緊相隨，
鵲之彊彊[2]。　　　　　　　喜鵲對對齊飛翔。
人之無良[3]，　　　　　　　那人品行實不良，
我以為兄[4]。　　　　　　　我還以他為兄長。

鵲之彊彊，　　　　　　　　喜鵲對對齊飛翔，
鶉之奔奔。　　　　　　　　鵪鶉雙雙緊相隨。
人之無良，　　　　　　　　那人品行實不良，
我以為君[5]。　　　　　　　我還奉他為君王。

經典名句

鶉之奔奔，鵲之彊彊。
人之無良，我以為兄。

註釋

1. 鶉（chún）：粵音同"純"，鵪鶉。奔奔：相隨而飛的樣子。
2. 鵲：喜鵲。彊彊（jiāng）：與"奔奔"義相近，相隨而飛。喜鵲與鵪鶉皆"各有常匹，不亂其類"，作者舉此兩例反襯公子頑與宣姜禽獸不如的行為。
3. 人：指作者的諷刺對象。無良：無善行。
4. 兄：指衛宣公庶子，公子頑，衛惠公稱其為兄，衛宣公死後，惠公年幼，宣公夫人宣姜與公子頑私通，衛國人便假託惠公之言諷刺這醜事。
5. 君：這裏指國君夫人。

【賞析】這篇詩諷刺宣姜與公子頑私通。詩篇以「各有常匹，不亂其類」，飛則相隨的鵪鶉與喜鵲起興，反襯宣姜與公子頑禽獸不如的行徑。而這種道德敗壞的人居然為國君之兄、國君之母，因此衛國人作此詩表達不滿與鄙夷。

相鼠

[諷諫]

相鼠有皮[1]，　　　看那老鼠還有皮，
人而無儀[2]。　　　做人行止無威儀。
人而無儀，　　　　既然行止無威儀，
不死何為[3]？　　　這人為何還不死？

相鼠有齒，　　　　看那老鼠還有齒，
人而無止[4]。　　　做人卻是無容止。
人而無止，　　　　既然真是無容止，
不死何俟[5]？　　　還等甚麼不去死？

相鼠有體[6]，　　　看那老鼠還有體，
人而無禮。　　　　做人舉止不合禮。
人而無禮，　　　　既然舉止不合禮，
胡不遄死[7]？　　　為何還不快去死？

經典名句

相鼠有皮，人而無儀。
人而無儀，不死何為？

註 釋

1. 相（xiàng）：看。
2. 儀：威儀，指人的作風舉止大方正派。
3. 何為：為何，幹甚麼。
4. 止：容止，行為有節度，合乎禮儀。
5. 俟（sì）：等待。
6. 體：身體。
7. 遄（chuán）：粵音同 "全"，快。

【賞析】 這是一篇諷刺、斥責那些居尊位而不講禮儀者的詩。與《牆有茨》和《鶉之奔奔》等篇可以互見。詩中反映了衛國上層社會中一些所謂「君子」的許多齷齪勾當。面對他們的欺騙世人、厚顏無恥，詩人給他們以無情的打擊和揭露。

衛 風

河廣

[戰爭]

誰謂河廣[1]？	誰說黃河寬又廣？
一葦杭之[2]。	一片葦葉即可航。
誰謂宋遠？	誰說宋國路遙遠？
跂予望之[3]。	踮起腳跟即可望。
誰謂河廣？	誰說黃河寬又廣？
曾不容刀[4]。	竟難容下小木船。
誰謂宋遠？	誰說宋國路遙遠？
曾不崇朝[5]。	不用一早到對岸。

經典名句

誰謂河廣？一葦杭之。
誰謂宋遠？跂予望之。

註釋

1. 謂：説。河廣：黃河寬廣。
2. 葦：蘆葦。杭：通“航”。這句是誇張説法，説黃河不寬，乘一片葦葉即可橫渡。
3. 跂（qǐ）：“企”的假借字，踮起腳跟。予：我。這句也是誇張説法，説宋國很近，踮起腳跟就能看見。
4. 曾：粵音同“層”，乃、而。刀：通“舠”，小船，此句是説黃河狹窄，容不下一隻小船。
5. 崇朝（zhāo）：終朝，指從天亮到吃早飯的一段時間。這裏是形容兩國距離近，是一種誇張的説法。

【賞析】 本篇是居住於衛國的宋人思歸而不得的詩歌。《毛詩序》説：「《河廣》，宋襄公母歸於衛，思而不止，故作是詩也。」是否為宋桓夫人所作難以指實，但確是表達了濃重的思鄉之情，篇幅不長，但句短情濃，令人動容。

淇奥

[婚戀]

瞻彼淇奥[1]，綠竹猗猗。
有匪君子[2]，如切如磋[3]，
如琢如磨[4]。
瑟兮僩兮[4]，赫兮咺兮[5]。
有匪君子，終不可諼兮[6]。

瞻彼淇奥，綠竹青青。
有匪君子，充耳琇瑩[7]，
會弁如星[8]。
瑟兮僩兮，赫兮咺兮。
有匪君子，終不可諼兮。

瞻彼淇奥，綠竹如簀[9]。
有匪君子，如金如錫，
如圭如璧[10]。
寬兮綽兮，猗重較兮[11]。
善戲謔兮，不為虐兮[12]。

【賞析】女子表達對一個青年貴族的愛慕與景仰。本詩三章皆以岸邊綠竹起興，聯想到那品貌如竹的人兒。竹中虛外直、挺拔秀美而又四季常青，在其風采與品格上暗合了女子心中所念的君子，她通過深情的反覆吟唱，對君子的品德、學問、修養、服飾、容止等方面作了充分的肯定與讚揚，詩歌最後又說君子善於說笑而又能止於禮節。聞一多《風詩類鈔》說：「不為虐兮一句，尤可玩味。」這個女子對於心上人之舉止應是情感複雜吧。此篇詩作意境優美，用詞形象，不僅君子的容止風采躍然紙上，像「如切如磋，如琢如磨」之類比喻也因形象簡練而千古沿用。

看那淇水曲岸邊，婀娜綠竹鬱蒼蒼。
心中人兒儀翩翩，切磋德才日益精，
琢磨更加有輝光。
為人莊重又大度，容止威儀又坦蕩。
心中人兒儀翩翩，永遠不能將他忘。

看那淇水曲岸邊，青翠綠竹鬱蒼蒼。
心中人兒儀翩翩，耳邊玉石真瑩潤，
帽上寶石如星光。
為人莊重又大度，容止威儀又坦蕩。
心中人兒儀翩翩，永遠不能將他忘。

看那淇水曲岸邊，叢叢綠竹鬱蒼蒼。
心中人兒儀翩翩，如金如錫德高尚，
如琢如磨學問良。
胸懷寬厚又平和，莊嚴從容倚車上。
擅長説笑真風趣，分寸有度不粗狂。

經典名句

有匪君子，如切如磋，
如琢如磨。

註 釋

1. 瞻：往前看。奧(yù)：水岸彎曲處，淇奧即淇水曲岸。

2. 匪：通“斐”，指有文采，此處是言君子才華橫溢，風度翩翩。

3. 切：加工骨器。磋：雕刻象牙。

4. 瑟：矜持莊重的樣子。僴(xiàn)：粵音同“限”，威嚴的樣子。

5. 赫：光明坦蕩的樣子。咺(xuǎn)：威儀容止顯明出眾的樣子。

6. 諼(xuān)：粵音同“圈”，忘記。

7. 充耳：古時男子冠服上發笄兩端有用絲繩垂掛的玉石作裝飾，因其正當兩耳之際，所以稱為充耳。 琇(xiù)：粵音同“秀”，寶石。瑩：玉色光潤晶瑩的樣子。

8. 會(kuài)：帽子的縫合處。弁(biàn)：粵音同“變”，皮帽。會弁如星，指嵌飾在帽縫中的寶石閃閃發光猶如繁星。

9. 簀(zé)：粵音同“責”，竹林鬱鬱葱葱、茂密叢聚的樣子。

10. 圭(guī)：一種玉製禮器，長方形板狀，上端尖。璧：中心有孔的圓形玉器。如圭如璧，指君子學業有成就，就像圭、璧那樣已琢磨成器，堪負重任。

11. 猗：通“倚”，倚靠。重(chóng)較：較是古代車廂前部飾有金屬的橫木，供乘車之人倚靠，因左右各一，所以稱“重較”。

12. 虐：粗野無禮。

碩人

[讚頌]

碩人其頎[1]，衣錦褧衣[2]。
齊侯之子[3]，衛侯之妻。
東宮之妹，邢侯之姨，
譚公維私[4]。

手如柔荑[5]，膚如凝脂。
領如蝤蠐[6]，齒如瓠犀[7]。
螓首蛾眉[8]，巧笑倩兮，
美目盼兮[9]。

碩人敖敖[10]，說于農郊[11]。
四牡有驕，朱幩鑣鑣[12]，
翟茀以朝[13]。大夫夙退[14]，
無使君勞。

河水洋洋[15]，北流活活。
施罛濊濊[16]，鱣鮪發發[17]，
葭菼揭揭[18]。庶姜孽孽[19]，
庶士有朅[20]。

經典名句

手如柔荑，膚如凝脂。
螓首蛾眉，巧笑倩兮，
美目盼兮。

【賞析】　衛人讚美衛莊公夫人莊姜。首章寫莊姜身份之高貴，她是齊侯愛女，太子之妹，說明她是正夫人所生，而其姊妹俱嫁國君，當真是身世顯赫，榮華至極。二章寫其容貌之美。三章寫其服飾之美。四章讚其陪嫁諸女與眾臣。本篇最出色生動而又廣為流傳者是第二章對莊姜容貌的描寫，那一連串的比喻恰切形象，尤其是「巧笑倩兮，美目盼兮」兩句，生動傳神。清人孫聯奎在《詩品臆說》中評價說：「傳神寫照，正在阿堵，直把個絕世美人活活地請出來在書本上滉漾。千載而下，猶如親其笑貌。」

40

窈窕淑女光照人，外披罩衣內穿錦。
齊侯愛女身份尊，衛侯是她的夫君。
她是太子同胞妹，姊妹有嫁邢國君，
也有譚國之夫人。

玉手白細如柔荑，膚色滑膩似凝脂。
脖子柔白如蝤蠐，齒如瓠子白又齊。
額頭方正眉彎細，笑靨巧妙真美麗，
美目流轉有情意。

窈窕淑女好容顏，停車整息在城邊。
四匹公馬真雄健，朱絲馬嚼紅光閃，
彩羽飾車來朝見。眾位大夫早退朝，
勿使君王太疲倦。

黃河水勢浩蕩蕩，嘩嘩奔流向北方。
撒網入水來捕魚，魚尾擊水刺刺響，
蘆荻高直又秀挺。陪嫁女子服飾盛，
護送眾臣高又壯。

註　釋

1. 碩人：身材高大、體態豐滿的人，此處指女主人公莊姜。頎（qí）：身材高大。

2. 衣：此處作動詞，穿。錦：本義為有彩色花紋的絲織品，這裏指用錦織成的衣服。褧（jiǒng）衣：粵音同 "炯"，又名襌衣，一種外套，罩於錦衣之上以抵禦塵土。

3. 子：此處指女兒。齊侯之子，指莊姜是齊莊公的女兒。

4. 譚公：譚國國君。維：是。私：古時女子稱姐妹的丈夫為私。

5. 柔：柔軟、柔嫩。荑（tí）：粵音同 "提"，初生的白茅嫩芽，質地白嫩柔滑。

6. 領：脖子。蝤蠐（qiú qí）：粵音同 "由齊"，天牛的幼蟲，體長而白軟。這句是說，莊姜的脖頸長而白皙。

7. 瓠（hù）犀：粵音同 "戶"，葫蘆籽，形容牙齒潔白整齊。

8. 螓（qín）：粵音同 "秦"，蟲名，似蟬而小，額頭方正。螓首，形容莊姜額頭方正豐滿。蛾眉：指衛姜的眉毛像蛾的觸鬚細長而彎曲。

9. 盼：形容眼睛黑白分明。

10. 敖敖：身材高大的樣子。

11. 說：通 "稅"，停車休息。農郊：指衛國近郊。

12. 朱幩（fén）：粵音同 "焚"，馬嚼子兩旁作裝飾用的紅色綢子。鑣鑣（biāo）：盛多的樣子。

13. 翟（dí）：粵音同 "敵"，長尾野雞。茀（fú）：粵音同 "忽"，遮蓋在車廂上的竹蓆或葦蓆。翟茀，指用野雞羽毛裝飾的車子。以：而。朝：朝見。

14. 夙退：早退。

15. 罛（gū）：粵音同 "孤"，魚網。濊濊（huò）：撒網入水的聲音。

16. 葭（jiā）：蘆葦。菼（tǎn）：又名荻，蘆葦的一種。揭揭：蘆葦高而長的樣子。

17. 庶：眾多。庶姜，指陪嫁的眾多姜姓女子。孽孽（niè）：服飾華麗的樣子。

18. 庶士：指齊國護送莊姜的眾臣。有揭（qiè）：即 "朅朅"，威武強壯的樣子。

41

木瓜

[婚戀]

投我以木瓜[1]，　　　美人贈我香木瓜，
報之以瓊琚[2]。　　　我用美玉來報答。
匪報也[3]，　　　　　不是僅僅作報答，
永以為好也。　　　　表示永遠愛着她。

投我以木桃[4]，　　　美人贈我香木桃，
報之以瓊瑤[5]。　　　我用美玉來回報。
匪報也，　　　　　　不是僅僅作回報，
永以為好也。　　　　表示我倆永相好。

投我以木李[6]，　　　美人贈我香木李，
報之以瓊玖[7]。　　　我用美玉來回禮。
匪報也，　　　　　　不是僅僅作回禮，
永以為好也。　　　　表示永遠都愛你。

經典名句

投我以木瓜，報之以瓊琚。
匪報也，永以為好也。

註釋

1. 投：擲，這裏指給予，贈送。木瓜：一種落葉灌木，果實形如黃金瓜，氣味清香，可供玩賞。
2. 瓊、琚（jū）：都是華美的佩玉。
3. 匪：通"非"。報：報答。
4. 木桃：桃子，與下文的"木李"皆因上文而加"木"字。
5. 瑤：一種美玉。
6. 木李：李子。
7. 玖（jiǔ）：一種次於玉的黑色美石，可以琢磨成佩飾。

【賞析】　這是一篇青年男女互贈信物的定情詩。面對美人所贈的尋常瓜果，詩人視之為心愛異物，回報以美玉珍寶，「永以為好也」的理想也表現了青年男女感情之堅貞。本篇語言質樸明朗、格調輕鬆愉快，並用了迴環往復的句式，令人讀來朗朗上口，餘音不絕，確為情歌中的精品。

王　風

黍離

[感懷]

彼黍離離[1]，彼稷之苗[2]。
行邁靡靡[3]，中心搖搖。
知我者，謂我心憂，
不知我者，謂我何求。
悠悠蒼天，此何人哉！

彼黍離離，彼稷之穗[4]。
行邁靡靡，中心如醉[5]。
知我者，謂我心憂，
不知我者，謂我何求。
悠悠蒼天，此何人哉！

彼黍離離，彼稷之實。
行邁靡靡，中心如噎[6]。
知我者，謂我心憂，
不知我者，謂我何求。
悠悠蒼天，此何人哉！

【賞析】據說這篇詩是東周初年周大夫行役路過西周都城鎬京時所作。詩人看到西周王朝的宗廟宮室均已毀棄，長滿禾黍，十分感傷，因而作此詩。《詩經》中多數篇章以寫實為主，而這首詩卻是虛實相間，以寫人的悲傷感情為主，詩人的行跡僅作為近似起興的輔助描寫。全篇三章文字大體相同，從章法上來講，似乎只是水墨寫意的手法，但仔細體味，每章雖只換兩三字甚至一兩字，卻足以使感情的抒發步步深入，具有一唱三歎之妙。這種地方值得反覆咀嚼品味。

48

田裏黍子長得稀，稷子漸漸發新苗。
遠行緩緩步履艱，心神不定似煎熬。
了解我的人，説我是因心煩憂。
不解我的人，説我不知有何求。
遙遙在上青天啊，是誰害我這麼愁？

田裏黍子長得稀，稷苗抽穗垂下頭。
遠行緩緩步履艱，心中恍惚如醉酒。
了解我的人，説我這是心煩憂，
不解我的人，説我不知有何求。
遙遙在上青天啊，是誰害我這麼愁？

田裏黍子長得稀，稷穗纍纍快豐收。
遠行緩緩步履艱，心中憂愁如物堵。
了解我的人，説我這是心煩憂，
不解我的人，説我不知有何求。
遙遙在上青天啊，是誰害我這麼愁？

經典名句

知我者，謂我心憂，
不知我者，謂我何求。

註釋

1. 黍：穀物的一種，碾成的糧食稱為黃米。離離：稀疏的樣子。

2. 稷：本是周人始祖"棄"的一種稱謂，由於他善於種植，因而良種的黍類也被稱為"稷"。

3. 邁：遠行。靡靡：粵音同"美"，步履遲緩的樣子。

4. 彼稷之穗：與下章的"彼稷之實"一樣，都是重章複遝時常用的換字手法。

5. 如醉：像喝醉酒一樣。

6. 中心如噎（yē）：噎，粵音同"熱"。心中像有東西堵着一樣難受。

君子于役

[婚戀]

君子于役[1]，不知其期，

曷至哉[2]？雞棲于塒[3]，

日之夕矣，羊牛下來。

君子于役，如之何勿思！

君子于役，不日不月[4]，

曷其有佸[5]？雞棲于桀[6]，

日之夕矣，羊牛下括[7]。

君子于役，苟無飢渴[8]？

丈夫服役去遠方，
不知歸期心悲傷。
不知何時回家鄉？
雞兒棲息在雞窩，
太陽西下近黃昏，
牛羊下坡進柵欄。
丈夫服役在遠方，
叫我怎不把他想！

丈夫服役在遠方，
不知期限心悲傷，
何時才能聚一堂？
雞兒棲息木架上，
太陽西下近黃昏，
牛羊下山進圈忙。
丈夫服役在遠方，
會否忍飢餓肚腸？

經典名句

雞棲于塒，日之夕矣，羊牛下來。

註釋

1. 君子：古代女子對男子的稱呼。于：往。于役，往邊地服役。
2. 曷：何時，甚麼時候。至：歸來。
3. 塒（shí）：粵音同"時"，鑿牆做成的雞窩。
4. 不日不月：同上章"不知其期"意思相近，指不知道服役歸來的日子。
5. 佸（huó）：粵音同"括"，相會。
6. 桀：雞棲的木架。
7. 括：回來。
8. 苟：或許。女子希望丈夫無飢渴而又不敢確信，所以疑問。

【賞析】　這是一篇思婦詩。此詩沒有着力直接描寫思婦的情感波瀾，而是把更多的筆墨放在對客觀事物的描寫上，寫了下山的夕陽、進圈的牛羊和回窩的雞兒，這一系列意象將女子的思情寄託其中，構成了情景交融的藝術境界。思婦對征人的思念之詞，僅在兩章結尾稍有提示，卻傳達出了「斷腸」之意。早期詩歌樸素、含蓄的審美意識在這裏可見一斑。

兔爰

[感懷]

有兔爰爰¹，雉離于羅²。
我生之初，尚無為³。
我生之後，逢此百罹⁴，
尚寐無吪⁵！

有兔爰爰，雉離于罦⁶。
我生之初，尚無造⁷。
我生之後，逢此百憂，
尚寐無覺⁸！

有兔爰爰，雉離于罿⁹。
我生之初，尚無庸¹⁰。
我生之後，逢此百凶，
尚寐無聰¹¹！

野兔慢走真逍遙，
野雞偏偏被網套。
聽說在我小時候，
人們生活尚自在。
等我漸漸長大後，
件件憂愁撲面來。
真想不動睡大覺！

野兔慢走真逍遙，
野雞偏偏被網套。
聽說在我小時候，
麻煩的事沒多少。
等我漸漸長大後，
愁事椿椿身邊繞。
真想不醒長睡覺！

野兔慢走真逍遙，
野雞偏偏被網套。
聽說在我小時候，
國家尚且無役勞。
等我漸漸長大後，
亂事連連無斷絕。
真想塞耳睡大覺！

國風·王風

【賞析】 這是一篇沒落貴族因厭世而作的詩。周王朝東遷以後，戰爭頻繁，社會複雜。有的貴族因失去土地而沒落，此詩寫的就是這種沒落貴族的憂愁。詩中貴族悲慨自己生不逢時，連連遭遇各種不幸，他不想動彈，不想看人，不想聽見任何聲音，只想長睡不醒。明代學者顧起元説：「三章各首二句比君子得禍，小人獨免。下皆是歎其所遭而安於死也。」這種説法恰當地指明了本詩的結構特點和思想意義。

經典名句

我生之初，尚無為。我生之後，逢此百罹，尚寐無吪！

註釋

1. 爰爰（yuán）：粵音同"元"，緩緩行走的樣子。
2. 離：遭逢。羅：捕鳥獸的網。
3. 尚：猶"還"。為：作為。指無所作為，清閒自在。
4. 百：虛數，言其"多"。罹（lí）：憂。
5. 尚：庶幾，表希望的意思。吪（é）：粵音同"俄"，動。
6. 罦（fú）：粵音同"浮"，又名覆車網，是一種裝有機關的捕鳥獸網。
7. 造：與上章"為"字意思相同。
8. 覺：醒。
9. 罿（tóng）：粵音同"童"，一種設有機關的捕鳥獸網。
10. 庸：指勞役。
11. 聰：聞，聽見。

采葛

[婚戀]

彼采葛兮[1]，	那個人兒去採葛，
一日不見，	整整一天沒見着，
如三月兮[2]。	好像多月久離隔。
彼采蕭兮[3]，	那個人兒去採蕭，
一日不見，	整整一天沒見到，
如三秋兮[4]。	像隔幾季受煎熬。
彼采艾兮[5]，	那個人兒去採艾，
一日不見，	整整一天沒看見，
如三歲兮[6]。	好像久別已多年。

經典名句

彼采蕭兮，一日不見，如三秋兮。

註 釋

1. 葛：一種藤本植物，它的纖維可以織布。
2. 三：虛數，言其多。
3. 蕭：植物名，一種蒿子，有香氣，古人常採它來祭祀。
4. 秋：秋季。這裏指一個季節的時間，為三個月。
5. 艾：一種菊科植物，可作藥品，也能燃燒燻蚊子。
6. 三歲：指多年。

【賞析】 熱戀中的人無不希望耳鬢廝磨、朝夕相處，即使是短暫的分離也是莫大的痛苦和煎熬。此詩吟詠的便是這一情感。詩歌運用重章疊句和誇張的手法，以時間的實際長度和心裏長度作對比，將「一日」比作「三月」、「三秋」、「三歲」，層層遞進，盡現了抒情主人公對情人的摯愛和相思。詩中「一日不見，如三秋兮」，也成為後世文人吟詠相思之苦常用的語句。

大車

[婚戀]

大車檻檻[1]，	大車坎坎向前走，
毳衣如菼[2]。	獸毛衣服顏色青。
豈不爾思[3]？	怎會不想和你走？
畏子不敢。	怕你膽小不私奔。
大車啍啍[4]，	大車轔轔向前走，
毳衣如璊[5]。	獸毛衣服顏色紅。
豈不爾思？	怎會不想和你走？
畏子不奔。	怕你膽小不私逃。
穀則異室[6]，	活着不能一室處，
死則同穴。	死後也要同穴葬。
謂予不信，	你怕我言不可靠，
有如皦日[7]！	上天作證有太陽！

經典名句

穀則異室，死則同穴。謂予不信，有如皦日！

註釋

1. 大車：運載貨物的車子。檻檻（kǎn）：車行的聲音。
2. 毳（cuì）衣：粵音同"趣"，用獸毛製成的一種毛氈類服裝，可用來遮風禦雨。菼（tǎn）：初生的蘆荻，青白色。
3. 爾：你，指思念的人。豈不爾思，即"豈不思爾"。
4. 啍啍（tūn）：粵音同"吞"，大車行駛時沉重緩慢的聲音。
5. 璊："樠"（mén）的假借，粵音同"門"，穀的一種，苗赤色。如璊，指衣服是紅色的。
6. 穀（gǔ）：生，活着。
7. 有如："有如××"是古人發誓常用的套語，即在某某神明前發誓。皦（jiǎo）：同"皎"，光明。皦日，白日。

【賞析】這篇詩是一位女子對於不能實現的愛情的內心獨白。她在詩中表達了自己對愛情的嚮往，並以堅貞的誓言作為自己的精神寄託。詩中那駕着沉重牛車緩慢行走的，穿着毛氈衣服的男子是女子思戀的對象，然而他們卻因為門第差距和禮制的約束，不能在一起。她每每含情地看着男子的車子駛過，男子對他的感情似一無所知，她哀怨又悲傷，徘徊又無奈，最後呼出了感人肺腑的愛情獨白，「穀則異室，死則同穴」。謂予不信，有如皦日」。這不僅是她本人的感情寄託，也是一種個性化的，對於男女婚姻自由的社會期待，含有不盡的餘味。

53

鄭　風

叔于田
[讚頌]

叔于田[1]，	叔段打獵出了門，
巷無居人[2]。	里巷空空不見人。
豈無居人？	難道真的沒住人？
不如叔也，	無人能與叔段比，
洵美且仁[3]。	真是漂亮又慈仁。
叔于狩，	叔段狩獵去田野，
巷無飲酒。	里巷不見飲酒者，
豈無飲酒？	難道真沒人飲酒？
不如叔也，	無人能比叔段好，
洵美且好[4]。	真是漂亮品德優。
叔適野[5]，	叔段狩獵到郊外，
巷無服馬[6]。	里巷無人駕馬車。
豈無服馬？	難道沒人會駕車？
不如叔也，	無人技藝比他強，
洵美且武。	真是英俊又勇武。

經典名句

豈無居人？不如叔也，洵美且仁。

註釋

1. 叔：古代稱兄弟中排行第三的為叔，可泛稱非排行第一的男子，據說這裏是指鄭莊公的弟弟太叔段。于：往。田：打獵。
2. 巷：古代二十五家為里，里中的道路稱巷。
3. 洵：的確，實在。仁：仁厚謙讓。
4. 好：品德好。
5. 適：粵音同"識"，往。野：郊外。
6. 服馬：駕馬。

【賞析】這篇詩據說是稱讚太叔段的。太叔段是鄭莊公的弟弟，曾在封地繕甲治兵，欲有所作為，後來因兵變被驅逐出境。詩篇運用對比的手法，極力稱讚太叔段的才貌、武藝和品德，含有誇耀的意味。作者可能是太叔段的擁護者。

將仲子

[婚戀]

將仲子兮[1]！無踰我里[2]，
無折我樹杞[3]。
豈敢愛之[4]？畏我父母。
仲可懷也，父母之言，
亦可畏也！

將仲子兮！無踰我牆，
無折我樹桑[5]。
豈敢愛之？畏我諸兄。
仲可懷也，諸兄之言，
亦可畏也！

將仲子兮！無踰我園，
無折我樹檀[6]。
豈敢愛之？畏人之多言。
仲可懷也，人之多言，
亦可畏也。

【賞析】這是一篇女子婉言拒絕情人的詩。詩分三章，採用了賦的手法，以勸誠的口吻展開全篇，直接抒寫了女子內心的情意。詩各章均以「將仲子兮」開頭，運用了「將」和「兮」兩個語助詞，顯得委婉親密，奠定了全文的感情基調。接下來女子直言相勸，讓仲子不要翻牆相會，以免弄折社樹，似有埋怨的意思；但後來又講述不是吝惜樹木，而是害怕父母兄弟乃至鄰里的怨責之言，令人同情。最後，女子從理智出發，以「言之可畏」為最後理由，拒絕了仲子。詩篇至此，塑造了一個感情豐富的女性形象。

二哥你呀聽我講，不要翻過我里牆，

別把杞樹來碰傷。

不是吝惜這些樹，是怕我的爹和娘。

二哥我很想念你，父母的話很嚴厲，

讓人害怕不敢違！

二哥你呀聽我講，不要翻過我圍牆，

也別弄折我的桑。

不是吝惜這些樹，是怕我的諸兄長。

二哥我很想念你，諸兄言語很凌厲，

讓人害怕不敢違！

二哥你呀聽我講，不要翻過我圍牆，

也別弄傷我的檀，

不是吝惜這些樹，是怕眾人言語傷。

二哥我很想念你，眾人閒言多得很，

讓人害怕不敢違！

經典名句

豈敢愛之？畏人之多言。
仲可懷也，人之多言，
亦可畏也。

註 釋

1. 將（qiāng）：粵音同 " 章 "，語助詞，有希望的意思。仲：古代兄弟或姐妹中排行第二的稱仲。仲子：對兄弟中排行第二者的尊稱。

2. 踰：翻越。里：即社，古代二十五家為里，里是一種居民組織形式和居住形式，里中常種樹，稱為社樹，詩中杞樹便是一種社樹。凡里都有里牆，這裏的里指里牆。

3. 折：折斷。杞（qǐ）：木名。

4. 愛：吝惜。

5. 桑：桑樹。古代牆邊種桑樹，園中種檀樹。

6. 檀：木名，皮青，質堅硬，可以用來製造器具和車輛。

羔裘

[讚頌]

羔裘如濡[1],	羔羊皮襖亮又柔,
洵直且侯[2]。	真是順直又美好。
彼其之子[3],	他是這樣一個人,
舍命不渝[4]。	寧捨性命守善道。
羔裘豹飾,	羔裘袖口豹皮飾,
孔武有力[5]。	很是威武又有力。
彼其之子,	他是這樣一個人,
邦之司直[6]。	一邦之中主正義。
羔裘晏兮,	羔裘鮮豔又華美,
三英粲兮[7]。	纓穗三條色鮮亮。
彼其之子,	他是這樣一個人,
邦之彥兮。	國中俊賢美名揚。

經典名句

羔裘豹飾，孔武有力。
彼其之子，邦之司直。

註釋

1. 羔裘：羔羊皮襖。如：乃。濡（rú）：柔軟而有光澤。

2. 洵：確實，真的。直：順直，此處以衣服的順直襯托官員的忠直。侯：美。

3. 彼其（jì）之子：他這個人。

4. 舍：捨棄。渝：改變。

5. 孔：很，甚。

6. 司直：糾正別人的過失；一說，官名。

7. 英：即纓，衣服前邊繫住衣服以後下垂的三條絲質穗狀物。粲：鮮明。

【賞析】這篇詩讚美一位官員。詩分三章，以羔裘起興，襯托出一個守死善道、主持正義、美名遠揚的優秀官員形象，體現了他「人稱其服」的美好。這種「以衣襯人」的手法，在《詩經》的其他詩篇中也多有表現。詩篇中一些詞語成為人們耳熟能詳的成語，沿用至今，如「舍命不渝」、「孔武有力」等。

有女同車

[婚戀]

【賞析】　這是一篇男子對女子的讚歌。從詩篇內容來看，他們都是貴族：因為「佩玉」是當時貴族身份的象徵，「姜」姓是貴族大姓，「同車」既是實寫迎娶，又是「永結同心」的暗示。處於幸福中的男子讚美女子貌美如花，身材豐滿，聲譽美好，反映了周代貴族社會的道德觀念和審美情趣。

有女同車，　　　　　姑娘和我同車行，
顏如舜華[1]。　　　　容顏美麗花一樣。
將翱將翔[2]，　　　　我們一起去遊玩，
佩玉瓊琚[3]。　　　　身帶佩玉響叮噹。
彼美孟姜[4]，　　　　姜家美麗大姑娘，
洵美且都[5]！　　　　真是豐滿又漂亮！

有女同行[6]，　　　　姑娘和我同路走，
顏如舜英[7]。　　　　容顏美麗如花放。
將翱將翔，　　　　　我們一起去遊玩，
佩玉將將[8]。　　　　佩玉聲聲叮噹響。
彼美孟姜，　　　　　姜家美麗大姑娘，
德音不忘[9]！　　　　美好聲譽永傳揚！

經典名句

有女同車，顏如舜華。
將翱將翔，佩玉瓊琚。

註釋

1. 舜：木名，又名木槿，葉互生，開大型五瓣花，有紅、白、淡紫等色。華：「花」的本字。
2. 將翱將翔：即「將翱翔」，翱翔即遨遊。
3. 瓊：美玉。琚：一種佩玉名。
4. 孟：長女稱孟。孟姜，姜家長女；一說，泛指美女。
5. 洵：確實，真的。都：豐滿。
6. 行（háng）：道路。
7. 英：花。
8. 將將：粵音同「章」，佩玉相互撞擊發出的和諧悅耳聲。
9. 德音：好聲譽；一說，德言。

山有扶蘇

[婚戀]

山有扶蘇[1]，　　　　山坡上面扶蘇長，
隰有荷華[2]。　　　　濕地荷花遍開放。
不見子都[3]，　　　　不見子都美男子，
乃見狂且[4]。　　　　卻見一個狂醜郎。

山有喬松[5]，　　　　山坡上面松樹高，
隰有遊龍[6]。　　　　濕地蘢草真繁茂。
不見子充[7]，　　　　不見子充美男子，
乃見狡童[8]。　　　　卻見一個小傻冒。

經典名句

山有喬松，隰有遊龍。
不見子充，乃見狡童。

註釋

1. 扶蘇：木名，又叫小木。
2. 隰（xí）：低濕的窪地。華："花"的本字。
3. 子都：鄭國的美男子。
4. 狂且（jū）：粵音同"追"，醜陋無知的人。
5. 喬：高大。
6. 龍："蘢"的假借字，水草名，今名水葒。
   遊龍，蘢草在濕地枝葉舒展。
7. 子充：鄭國的美男子。
8. 狡童：年幼無知的人。

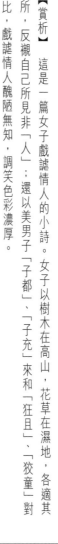

【賞析】這是一篇女子戲謔情人的小詩。女子以樹木在高山，花草在濕地，各適其所，反襯自己所見非「人」：還以美男子「子都」、「子充」來和「狂且」、「狡童」對比，戲謔情人醜陋無知，調笑色彩濃厚。

東門之墠

[婚戀]

東門之墠[1]，　　東門旁邊平地廣，
茹藘在阪[2]。　　山坡茜草遍地長。
其室則邇[3]，　　他家離我雖不遠，
其人甚遠！　　　他卻似在天涯邊！

東門之栗[4]，　　東門旁邊栗樹生，
有踐家室[5]。　　屋舍排列真整齊。
豈不爾思？　　　心中時時想着你，
子不我即[6]！　　你不找我空相思！

經典名句

東門之墠，茹藘在阪。
其室則邇，其人甚遠！

註釋

1. 墠（shàn）：粵音同"善"，經過整治的郊野平地；一說，供祭祀用的乾淨場地。
2. 茹藘（lú）：粵音同"驢"，即茜草，它的根可以作絳紅色染料。阪（bǎn）：坡。
3. 其：指男子。邇（ěr）：近。
4. 栗：栗樹。
5. 有踐：排列整齊的樣子。家室：房舍，住宅。
6. 子：指男子。即：接近。

【賞析】這是一篇以女子的口吻所作的思戀詩。詩歌採用了賦的手法，描寫了男子家周圍的景物，表現了女子「愛屋及烏」的情懷。她睹物懷人，愛戀與日俱增，然而面對的卻依然是「其人甚遠」。她失望傷心，發出了「豈不爾思，子不我即」的埋怨，然而終是情無歸依。

風雨

[婚戀]

風雨淒淒[1]，　　　　　風雨飄飄天寒冷，
雞鳴喈喈[2]。　　　　　雞兒喈喈不住啼。
既見君子[3]，　　　　　丈夫已經回家來，
云胡不夷[4]？　　　　　我心怎能不歡喜？

風雨瀟瀟[5]，　　　　　風雨瀟瀟下得急，
雞鳴膠膠。　　　　　　雞兒咯咯不停叫。
既見君子，　　　　　　丈夫已經回家來，
云胡不瘳[6]？　　　　　病兒怎能不快好？

風雨如晦[7]，　　　　　風雨交加天色暗，
雞鳴不已[8]。　　　　　雞鳴聲聲不住喚。
既見君子，　　　　　　丈夫已經回家來，
云胡不喜？　　　　　　我心怎能不喜歡？

經典名句

風雨如晦，雞鳴不已。
既見君子，云胡不喜？

註 釋

1. 淒淒：寒涼的樣子。

2. 喈喈（jiē）：粵音同"階"，與第二章"膠膠"意思相同，都指雞鳴的聲音。

3. 君子：指丈夫。

4. 云：發語詞。胡：何，怎麼。夷：通"怡"，意為喜悅。

5. 瀟瀟：急驟的樣子。

6. 瘳（chōu）：粵音同"抽"，病癒。

7. 晦：黑暗。

8. 已：停止。

【賞析】　這篇詩寫夫妻久別重逢，從描寫妻子見到丈夫後的喜悅，側面表現了相思之苦。詩篇運用了"以樂景寫哀，以哀景寫樂，倍增其哀樂"的藝術手法，以寒涼的風雨，四起的雞鳴為背景，烘托了女子見到丈夫後的溫暖和喜悅之情。詩篇煉詞申意，抒情表意循序有進，「夷」、「瘳」、「喜」三字，便把女子見到丈夫後的複雜心情一一表現了出來：始而平靜，繼而病癒，最後大悅。通篇未着一「思」字，但思念之意全出。

子衿

[婚戀]

青青子衿[1]，　　　　你的衣領色青青，
悠悠我心[2]。　　　　我的思念長又深。
縱我不往，　　　　　雖然我沒去找你，
子寧不嗣音[3]？　　　不懂捎信問一聲？

青青子佩，　　　　　你的佩玉色青青，
悠悠我思。　　　　　我的思念長又深。
縱我不往，　　　　　雖然我沒去找你，
子寧不來？　　　　　不能前來看一眼？

挑兮達兮[4]，　　　　你來我往見個面，
在城闕兮[5]。　　　　就在城闕老地方。
一日不見，　　　　　僅僅一天沒見面，
如三月兮[6]！　　　　真像已別好多天！

【賞析】這是一篇女子思念情人的詩。詩篇以女子的口吻，直接抒發她對情人的思念和埋怨。這對戀人似乎發生了誤會。女子出於矜持和羞澀，羞於先去遷就男子，但又偷偷地想着他，熱切地希望他能前來，重新和好，但他沒來，於是女子埋怨道：「縱我不往，子寧不來」，這種埋怨是出於刻骨的熱愛和相思；詩篇最後「一日不見，如三月兮」，表現了女子對男子難以遏止的愛情。

經典名句

青青子衿，悠悠我心。
縱我不往，子寧不嗣音？

註釋

1. 衿 (jīn)：長領，古代衣服有斜領，下與衣襟相連，所以稱長領為衿。青衿即青領，古代學子穿的衣服，後代常用它代指讀書人，詩中指女子思念的人。
2. 悠悠：思念綿長的樣子。
3. 寧：豈，難道。嗣：寄。嗣音，捎信問候。
4. 挑、達：本為一個詞，意思是往來的樣子，詩中將它拆開，後加"兮"字，是為了協調音節。
5. 闕：城門兩邊的多層建築物，可供眺望。
6. 三：虛數，猶言"多"。

國風‧鄭風

65

出其東門

[婚戀]

出其東門，	信步走出城東門，
有女如雲[1]。	女子眾多如流雲。
雖則如雲，	雖然女子多如雲，
匪我思存[2]。	沒有我的心上人。
縞衣綦巾[3]，	只那白衣青佩巾，
聊樂我員[4]。	才能使我心沸騰。
出其闍闍[5]，	信步走出曲城外，
有女如荼[6]。	女子眾多如花開。
雖則如荼，	雖然女子多如花，
匪我思且[7]。	沒有一個是心愛。
縞衣茹藘[8]，	只那白衣紅佩巾，
聊可與娛。	才能使我樂開懷。

經典名句

出其東門，有女如雲。雖則如雲，匪我思存。

註釋

1. 如雲：比喻女子眾多。
2. 匪：通"非"，沒有。存：所在。思存，與下文"思且"意思相似，指思念的人。
3. 縞(gǎo)：白色的絹。縞衣，白色絹衣。綦(qí)巾：綦，粵音同"其"。青黑色的佩巾，古代女子外出時佩巾繫在腰左。縞衣綦巾，代指男子思戀的那個女子。
4. 聊：且。員：同"云"，語助詞。
5. 闍闍(yīn dū)：粵音同"因都"，古代城門外常又築一層半環形城，叫曲城或甕城，此處指甕城門。上章"出其東門"指出內城的門，此句"出其闍闍"，指出甕城的門。
6. 荼：茅、蘆之類的白花。如荼，比喻女子眾多。
7. 且："徂"(cú)的假借字，往，與上章"存"意思相近。
8. 茹藘(lú)：茜草，它的根可以作絳紅色染料，這裏借指絳色佩巾。"綦巾"變為"茹藘"是因分章換韻而改字，所指還是同一個人。

賞析

這是一篇男子對愛情忠貞不二的自白。詩中男子是一個感情非常專一的人，雖然見到眾多如花似玉的女子，都不為所動，依然深深思戀着他那位「縞衣綦巾」的愛人。此詩與唐代元稹詩句「曾經滄海難為水，除卻巫山不是雲」所描述的感情有異曲同工之處。

66

野有蔓草

[婚戀]

野有蔓草[1]，　　　郊野蔓草青青，
零露漙兮[2]。　　　綴滿露珠瑩瑩。
有美一人，　　　　有位美麗姑娘，
清揚婉兮[3]。　　　眉目流盼傳情。
邂逅相遇[4]，　　　有緣今日相遇，
適我願兮。　　　　令我一見傾心。

野有蔓草，　　　　郊野蔓草如茵，
零露瀼瀼[5]。　　　綴滿露珠晶瑩。
有美一人，　　　　有位漂亮姑娘，
婉如清揚。　　　　眉目婉美多情。
邂逅相遇，　　　　有緣今日相遇，
與子皆臧[6]。　　　彼此愛慕心中。

經典名句

有美一人，清揚婉兮。
邂逅相遇，適我願兮。

註釋

1. 蔓：蔓延。
2. 零：降。漙 (tuán)：粵音同"團"，露多的樣子。
3. 清揚：眉目清秀。婉：美好。
4. 邂逅：不期而遇。
5. 瀼瀼 (ráng)：粵音同"洋"，露多的樣子。
6. 臧：善。皆臧，都滿意。

【賞析】這篇詩寫一對青年男女在田野間不期而遇的情景，表現出「我」內心的無限喜悅。此詩的顯著特點是賦和興兩種手法的巧妙運用，有機統一。詩以田野郊外，蔓草濃露為「賦」和「興」句，既為男女相遇、相愛、相合提供了美好的環境，又為他們的美好情感提供了棲息地，形成了情景交融的藝術境界。

齊風

雞鳴

[婚戀]

雞既鳴矣， 朝既盈矣[1]。 匪雞則鳴[2]， 蒼蠅之聲。	"公雞已經喔喔叫， 上朝人該都已到。" "不是公雞在鳴叫， 而是蒼蠅聲吵鬧。"
東方明矣， 朝既昌矣[3]。 匪東方則明， 月出之光。	"東方天空已明亮， 羣臣應已滿朝堂。" "不是東方已明亮， 而是皎皎明月光。"
蟲飛薨薨[4]， 甘與子同夢[5]。 會且歸矣[6]， 無庶予子憎[7]。	"蟲子羣飛嗡嗡叫， 還想和你入夢鄉。" "朝會結束回家來， 希望你沒被埋怨。"

【賞析】 這是一篇妻子催促丈夫早起上朝的詩。詩歌採用了對話式表現手法，表現了女子的賢惠和男子的多情。這種對話手法對後世敘事詩產生了深遠影響，並作為傳統保留在民歌中，久久傳誦。

經典名句

東方明矣，朝既昌矣。
匪東方則明，月出之光。

註釋

1. 朝：朝堂之上。盈：滿，指上朝的人都已到了。這兩句是女子所説。

2. 匪：通"非"，不是。則：已經。此句和下句是男子所説。

3. 昌：盛，此説上朝的人很多了。這兩句是女子所説，下兩句是男子所説。

4. 薨薨（hōng）：粵音同"轟"，象聲詞，蟲子羣飛的聲音。

5. 甘：樂意，喜歡。同夢：指"同睡"。以上兩句是男子所説。

6. 會：指朝會。且：即將。歸：指散朝回到家中。

7. 庶：幸，表示希望。予：給。子：你。以上兩句是女子所説。

南山

[諷諫]

南山崔崔[1]，雄狐綏綏[2]。
魯道有蕩，齊子由歸[3]。
既曰歸止，曷又懷止[4]？

葛屨五兩[5]，冠緌雙止[6]。
魯道有蕩，齊子庸止[7]。
既曰庸止，曷又從止？

蓺麻如之何[8]？衡從其畝[9]。
取妻如之何？必告父母[10]。
既曰告止，曷又鞠止[11]？

析薪如之何？匪斧不克[12]。
取妻如之何？匪媒不得。
既曰得止，曷又極止？

【賞析】這篇詩是譏刺齊襄公和文姜的，同時含有責怪魯桓公的意思。據記載，文姜是齊襄公的妹妹，她在嫁給魯桓公之前，就與齊襄公私通，出嫁以後，仍有此行徑，魯桓公因此被殺，齊魯兩國關係也由此惡化。齊國人有感於此，作詩諷刺他們。詩前兩章以淫獸「雄狐」比喻齊襄公，以「葛屨五兩，冠緌雙止」比喻夫妻成對，不得有亂，諷刺文姜出嫁後又回到娘家與兄長襄公淫亂。按古制，女子出嫁後，如果父母還在世，才可以回娘家探望；如果父母已下世，就不該再回去，只可派使者回家問候。而當時桓公娶文姜時，文姜父母已經去世，出嫁的文姜卻又回家，不合禮儀。後兩章分別以「蓺麻」、「析薪」起興，反諷魯桓公行為矛盾；他娶文姜時遵照禮儀，帶文姜回娘家卻又不守禮儀，前後不一。

南山巍巍高又大，雄狐慢慢來遊蕩。

魯國道路平又長，齊女由此嫁魯公。

既然已經嫁魯公，為何又要返家鄉？

麻鞋穿着要成對，帽帶垂下要成雙。

魯國道路平又長，齊女由此嫁魯公。

既然已經嫁魯公，為何又要回家邦？

要想種麻怎樣辦？先要橫縱耕田壟。

要想娶妻怎麼辦？先要告知父母親。

既然已經告父母，又到這裏有何幹？

要想砍柴怎麼辦？沒有斧頭砍不成。

要想娶妻怎麼辦？沒有媒人說不通。

既然已經娶到妻，又到這裏有何用？

經典名句

> 蓺麻如之何？衡從其畝。
> 取妻如之何？必告父母。

註 釋

1. 南山：齊國山名，也叫牛山。
   崔崔：山高大的樣子，此處以
   山的高大比喻國君應有的威嚴。
2. 雄狐：古人以雄狐為淫獸，此
   處指齊襄公。綏綏：緩緩，慢
   走的樣子；一說，相隨的樣子。
3. 齊子：齊侯的女兒，指文姜。
   歸：出嫁。
4. 曷：何。懷：來，指文姜出嫁
   後又回來。
5. 葛屨 (jù)：屨，粵音同"句"。
   葛布做的鞋。兩：鞋一雙為兩。
   高亨先生認為，此句應為"葛屨
   兩止"，和下句"冠綏雙止"句
   法一樣，此說可從。
6. 綏 (ruí)：粵音同"銳"，帽帶下
   垂的部分。帽穗以絲繩製成，
   下垂胸前，左右各一，所以說
   雙，詩以葛屨成雙，帽穗成行比
   喻夫妻成對，不可以亂。
7. 庸：用，猶上章"由"。
8. 蓺：粵音同"藝"，種植。
9. 衡從 (zòng)：即橫縱，南北曰
   縱，東西曰橫。畝：田壟。詩
   以種麻必先耕壟比喻娶妻必先
   稟告父母。
10. 必告父母：古人娶妻，父母在
    則告父母，父母死則告其宗廟
    或神主。魯桓公娶文姜時，他
    的父母已死。
11. 鞠：來到。
12. 匪：通"非"。克：能。詩以劈
    柴必須用斧頭比喻娶妻必須有
    媒人。

盧令

盧令令[1]， 獵狗頸環叮鈴響，
其人美且仁[2]。 獵人仁慈又漂亮。

盧重環[3]， 獵狗頸上環套環，
其人美且鬈[4]。 獵人漂亮又勇敢。

盧重鋂[5]。 獵狗頸上環連環，
其人美且偲[6]。 獵人漂亮有才幹。

經典名句

盧令令，其人美且仁。

註 釋

1. 盧：獵狗。令令："鈴鈴"的假借字，指環和環相互撞擊發出的聲音。

2. 其人：指獵人。仁：仁慈。

3. 重環：重，粵音同"從"。兩個環，一個大環套在獵狗的脖子上，下面又連着一個小環，小環上繫着牽狗的繩子。

4. 鬈（quán）：勇武健壯的樣子。

5. 鋂（méi）：粵音同"霉"，環，一個大環連着兩個小環。

6. 偲（cāi）：粵音同"猜"，多才。

【賞析】 這是一篇讚美獵人的詩。詩篇採用互文的形式，以頸環的美襯托獵狗的美，又以獵狗的美襯托獵人的美，塑造了一個勇武健壯，才德兼備的獵人形象。詩篇每兩句組成一章，乾淨利落，為《詩經》中少有。

敝笱

[讚頌]

敝笱在梁[1]，　　　　　破竹籠兒掛魚樑，
其魚魴鰥[2]。　　　　　魴魚鰥魚心不慌。
齊子歸止[3]，　　　　　齊侯女兒嫁魯國，
其從如雲[4]。　　　　　隨從如雲浩蕩蕩。

敝笱在梁，　　　　　破竹籠兒掛魚樑，
其魚魴鱮[5]。　　　　　魴魚鱮魚自由穿。
齊子歸止，　　　　　齊侯女兒嫁魯國，
其從如雨。　　　　　隨從如雨浩漫漫。

敝笱在梁，　　　　　破竹籠兒掛魚樑，
其魚唯唯[6]。　　　　　魚兒相隨自在游。
齊子歸止，　　　　　齊侯女兒嫁魯國，
其從如水。　　　　　隨從如水浩悠悠。

經典名句

敝笱在梁，其魚唯唯。　齊子歸止，其從如水。

註釋

1. 敝：破。笱（gǒu）：粵音同"九"，捕魚的竹籠。梁：魚樑，似水中堤，中有穴，把笱放進穴中捕魚。
2. 魴（fáng）、鰥（guān）：都是魚名，指大魚。
3. 齊子：齊侯的女兒，指文姜。歸：出嫁。
4. 從：僕從。如雲：比喻人眾多。與下文"如雨"、"如水"意思一樣，都是比喻文姜出嫁時隨從人員多。
5. 鱮（xù）：粵音同"署"，魚名。
6. 唯唯（wěi）：魚兒相隨自由出入的樣子。

【賞析】這篇詩描寫文姜出嫁時浩大的聲勢，含有諷刺的意味。

詩篇分三章，每章四句，前兩句以大魚不畏懼破竹籠，在水中自由穿梭，比喻文姜不顧忌禮法，為所欲為，無拘無束；後兩句以雲、雨、水比喻文姜隨從眾多，暗指她勢力強大，縱有淫行，軟弱的魯桓公對她也無可奈何，這是詩歌創作中的「春秋筆法」。

魏 風

碩鼠

[諷諫]

碩鼠碩鼠[1]，無食我黍！
三歲貫女[2]，莫我肯顧。
逝將去女[3]，適彼樂土[4]。
樂土樂土，爰得我所[5]！

碩鼠碩鼠，無食我麥！
三歲貫女，莫我肯德[6]。
逝將去女，適彼樂國。
樂國樂國，爰得我直[7]！

碩鼠碩鼠，無食我苗！
三歲貫女，莫我肯勞。
逝將去女，適彼樂郊。
樂郊樂郊，誰之永號[8]！

大田鼠啊大田鼠，
不要吃我種的黍。
多年以來養着你，
你卻不把我憐顧。
發誓一定離開你，
到那美好的樂土。
樂土樂土真美好，
在那才有安身處。

大田鼠啊大田鼠，
不要吃我種的麥。
多年以來養着你，
你卻從不施恩惠。
發誓一定離開你，
去那美好的樂國。
樂國樂國真美好，
那裏才有安居處。

大田鼠啊大田鼠，
不要吃我種的苗。
多年以來養着你，
你卻從不慰勞我。
發誓一定離開你，
到那美好的樂郊。
樂郊樂郊真美好，
誰會整天還哭叫？

經典名句

三歲貫女，莫我肯顧。逝將去女，適彼樂土。

註釋

1. 碩：大。鼠：田鼠，專吃穀物。
2. 三歲：虛數，指多年。貫：通"豢"，供養；一說，通"宦"，事奉。
   女：通"汝"，指碩鼠。
3. 逝：通"誓"。去：離開。
4. 適：粵音同"識"，往。樂土：與下文"樂國"、"樂郊"意思相近，
   均指作者理想中美好的地方。
5. 爰：乃，於此。所：處所，此指詩篇主人公認為的適宜生活的場所。
6. 德：恩惠，此處用作動詞，指施行恩惠。
7. 直：道，其意義與上文"所"字相似。
8. 永：長。號：哭。

【賞析】本篇批評那些身居高位、不知體恤下民的統治者，表達了作者內心的不平和嚮往理想生活的願望。詩篇把這種貪得無厭的人比作碩鼠，以此為題結構全篇。詩分三章，每章又各分兩層，第一層揭示了「碩鼠」的本質，即只知索取，從不回報，表現了作者的憤慨和不滿；第二層表達作者與其徹底決裂，追求理想生活的決心。

伐檀

[諷諫]

坎坎伐檀兮[1]，置之河之干兮，
河水清且漣猗[2]。
不稼不穡，胡取禾三百廛兮[3]？
不狩不獵，胡瞻爾庭有縣貆兮[4]？
彼君子兮，不素餐兮！

坎坎伐輻兮[5]，置之河之側兮，
河水清且直猗。
不稼不穡，胡取禾三百億兮[6]？
不狩不獵，胡瞻爾庭有縣特兮[7]？
彼君子兮，不素食兮！

坎坎伐輪兮，置之河之漘兮[8]，
河水清且淪猗[9]。
不稼不穡，胡取禾三百囷兮[10]？
不狩不獵，胡瞻爾庭有縣鶉兮？
彼君子兮，不素飧兮[11]！

【賞析】　本篇以君子的口吻諷刺那些不勞而獲的人。詩分三章，以伐木起興，運用對比、反問等手法，反覆陳述那些不勞而獲者糧食、獵物應有盡有，與自食其力的君子形成鮮明對比。全詩在敘事中抒發憤怒情感，增加了詩歌的真實性和諷刺力量。詩句形式變化多端，四言、五言、六言，乃至八言皆備，縱橫錯落，是典型的雜言詩。

叮叮噹噹伐檀忙，砍倒放在河岸邊，
河水清澈揚波瀾。

春不耕來秋不收，怎能取禾萬畝田？
從來不見去打獵，為何庭前掛着貆？
那些真正君子們，從來不會白吃飯！

叮噹伐木做輻條，伐來放在河岸邊，
河水清澈波紋現。

春不耕來秋不收，怎麼糧食堆成山？
從來不見去打獵，為何見獸庭前懸？
那些真正君子們，從來不會白吃飯！

叮噹伐木做車輪，伐來放在河岸邊，
河水清澈微波泛。

春不耕來秋不收，怎麼糧倉多又滿？
從來不見去打獵，為何鵪鶉庭前現？
那些真正君子們，從來不會白吃飯！

經典名句
不稼不穡，
胡取禾三百廛兮？
不狩不獵，
胡瞻爾庭有縣貆兮？

註 釋

1. 坎坎：伐木聲。檀：木名，可用來造車。
2. 漣：同"瀾"，大波。猗（yī）：猶"兮"，語助詞。
3. 胡：何。禾：百穀的通名。三百：虛數，猶言很多。廛（chán）：古代一夫之居叫廛，即指百畝農田和住宅，這裏指一家的賦稅。
4. 瞻：望見。縣："懸"的本字。貆（huán）：粵音同"環"，同"狟"，獸名，小貉（hé）。
5. 輻：車輪的輻條。
6. 億：周代十萬為億，此指糧食之多；一說，通"庾"，意思是露天穀倉。
7. 特：三四歲的獸，指大獸。
8. 漘（chún）：粵音同"唇"，水邊。
9. 淪：水面的微波。
10. 囷（qūn）：粵音同"坤"，圓形糧倉。
11. 飧（sūn）：熟食。素飧，與以上"素餐"、"素食"意思相近。

唐風

椒聊

〔讚頌〕

國風・唐風

椒聊之實[1]，　　　花椒子兒一串串，
蕃衍盈升[2]。　　　生長眾多滿升量。
彼其之子[3]，　　　這個人兒真是好，
碩大無朋[4]。　　　身材高大世無雙。
椒聊且[5]！　　　　馨香花椒樹，
遠條且[6]！　　　　枝條長又長。

椒聊之實，　　　　花椒子兒一串串，
蕃衍盈匊[7]。　　　生長眾多手捧滿。
彼其之子，　　　　這個人兒真是好，
碩大且篤[8]。　　　長得高大又豐滿。
椒聊且！　　　　　馨香花椒樹，
遠條且！　　　　　枝條長又長。

經典名句

椒聊之實，蕃衍盈升。
彼其之子，碩大無朋。

註　釋

1. 椒聊：一種叢生灌木，今名花椒樹，所結籽粒暗紅色，在古代是一種重要的香料。
2. 蕃衍：生長眾多。盈：滿。升：量器名。
3. 彼其（jì）之子：她這個人。
4. 碩大：指身體健壯頎長。朋：比。
5. 且（jū）：粵音同"追"，語助詞。
6. 條：枝條。遠條，長長的枝條。
7. 匊："掬"的古字，兩手合捧。
8. 篤：厚實，形容女子身體健壯豐滿。

【賞析】本篇讚美一個身材高大豐滿的女子。古人以多子為福，認為女子身材高大豐滿可以多生育子孫，因而以此作為審美的一個重要標準。詩篇各章均以「椒聊之實」起興，取其生子眾多且有香氣之意，比喻女子身材高大豐滿有「宜子」之象，是理想的婚姻對象。

蟋蟀

[感懷]

蟋蟀在堂[1]，歲聿其莫[2]。

今我不樂，日月其除。

無已大康[3]，職思其居[4]。

好樂無荒[5]，良士瞿瞿[6]。

蟋蟀在堂，歲聿其逝。

今我不樂，日月其邁[7]。

無已大康，職思其外。

好樂無荒，良士蹶蹶[8]。

蟋蟀在堂，役車其休[9]。

今我不樂，日月其慆[10]。

無已大康，職思其憂。

好樂無荒，良士休休[11]。

【賞析】這是一篇表達如何對待生活的詩。詩篇主要講了享受和節制兩個方面，詩人認為要兩者兼顧，但又要以節制為重，不要過分耽於安樂，並以「好樂無荒」的「良士」做榜樣，勸導人們在職守本分之外，再言享樂。詩篇以「蟋蟀」命題和起興，有「感物述懷」之意，這種寫法對漢魏六朝詩歌，特別是《古詩十九首》影響很大；此詩的押韻與《詩經》多數篇目不同，採用一章中兩韻交錯的手法，各章一、五、七句同韻，二、四、六、八句同韻，音節和諧，韻味無窮。

天涼蟋蟀入房中，時光匆匆又一年。

若不及時去享樂，光陰逝去不復還。

也別過分貪安樂，分內事兒要常想。

享樂也要有節制，賢士守禮不逾常。

天涼蟋蟀入房中，時光逝去不復還。

若不及時去享樂，時光流逝不復返。

也別過分貪安樂，分外事兒也要想。

享樂也要有節制，賢士勤敏公事忙。

天涼蟋蟀入房中，行役車子當回轉。

若不及時去享樂，時光逝去不復還。

也別過分貪安樂，憂患事兒也得想。

享樂也要有節制，賢士為人自安祥。

經典名句

蟋蟀在堂，歲聿其莫。
今我不樂，日月其除。

註釋

1. 蟋蟀在堂：蟋蟀熱天生活在室外，天寒進入室內，"蟋蟀在堂"表示天已經冷了。

2. 聿（yù）：語助詞。莫："暮"的本字。

3. 無：通"勿"，不要。已：甚。大：通"太"，過分的。康：安樂。

4. 職：常。居：處，指所處的地位。

5. 好樂：喜歡享樂。荒：逸樂過度。

6. 良士：賢士。瞿瞿（jù）：粵音同"渠"，謹守禮儀的樣子。

7. 邁：行。這句說日月穿梭，時光不復返。

8. 蹶蹶（jué）：敏於事務的樣子。

9. 役車：行役的車子。休：休息。

10. 慆（tāo）："滔"的假借字，逝去。

11. 休休：安詳自得，樂而有節的樣子。

鴇羽

[感懷]

肅肅鴇羽[1]，集於苞栩[2]。
王事靡盬[3]，不能蓺稷黍，
父母何怙[4]？
悠悠蒼天！曷其有所[5]？

肅肅鴇翼，集於苞棘[6]。
王事靡盬，不能蓺黍稷，
父母何食？
悠悠蒼天！曷其有極？

肅肅鴇行[7]，集於苞桑。
王事靡盬，不能蓺稻粱[8]，
父母何嘗？
悠悠蒼天！曷其有常？

【賞析】

這是一篇反對無休止的徭役的詩，抒發了作者的悲苦之情和不平之意。詩每章前兩句均以本應落在草原地帶，但卻落在樹上的鴇鳥起興，比喻本該在家中奉養父母的人卻被徵發徭役，不得其所；接下來三句講述自己在外，不能回家種田，父母生活無依無靠，心中非常牽掛；末兩句詩人呼喚蒼天，希望能予作答，但蒼天高高在上，自己只能在悲傷中一天天煎熬和等待。

82

鴇鳥拍翅簌簌響，落在叢生柞樹上。

國君差役無休止，不能回家種黍稷，

父母生活誰來管？

遙遙在上青天啊！何時才能得安居？

鴇鳥振翅簌簌響，落在叢生棗樹上。

國君差役無休止，不能回家種稷黍，

父母在家沒糧吃，

遙遙在上青天啊！何時才能是盡頭？

鴇鳥扇翅簌簌響，停在叢生桑樹上。

國君差役無休止，不能回家種稻粱，

父母在家吃甚麼？

遙遙在上青天啊！何時生活歸正常？

經典名句

王事靡盬，不能蓺稷黍，
父母何怙？
悠悠蒼天！曷其有所？

註 釋

1. 肅肅：鳥兒拍擊翅膀的聲音。
   鴇：鳥名，與雁相似，又比雁大。

2. 集：停。苞：叢生的（草木）。
   栩（xǔ）：即柞樹。

3. 王事：指國君的差事。盬
   （gǔ）：粵音同“古”，沒有止息。

4. 怙（hù）：粵音同“戶”，依靠。

5. 曷：何。所：處所。這句話的
   意思是何時才能安居。

6. 棘：酸棗樹。

7. 行（háng）：翮（hé），指鳥的
   翅膀。

8. 粱：即粟，通稱“穀子”，去殼
   後稱小米，古代把它的優良品
   種叫做“粱”，現在沒有區別。

國風・唐風

83

葛生

葛生蒙楚[1]，蘞蔓于野[2]。
予美亡此[3]，誰與[4]？
獨處！

葛生蒙棘，蘞蔓于域[5]。
予美亡此，誰與？
獨息！

角枕粲兮[6]，錦衾爛兮[7]。
予美亡此，誰與？
獨旦！

夏之日，冬之夜[8]，
百歲之後，歸於其居[9]！

冬之夜，夏之日，
百歲之後，歸於其室！

【賞析】　這是一篇悼念丈夫的詩。詩歌前兩章寫女子哀歎丈夫死後寡居的淒涼，每章前兩句運用了比興的手法，以「葛」、「蘞」本該攀附高大樹木，但卻在野地蔓延，失其所依，比喻女子失去丈夫後，無可憑依的痛苦憂愁；後三句轉入直接抒情，歎息丈夫死後的孤單寂寞。第三章寫女子睹物思人。最後兩章是女子表達對丈夫的日夜思念，希望百年之後，能與丈夫同穴而葬。詩歌一唱三歎，感慨萬千，對後世的悼亡詩有一定影響。

葛藤爬在荊條上，白蘞蔓延野地長。

我的愛人已離去，誰人和我相依伴？

獨自一人守空房。

葛藤爬在棗樹上，白蘞蔓延墓地上。

我的愛人已離去，誰人和我相依伴？

獨自一人自安息。

八角枕頭色鮮亮，柔軟錦被色澤鮮。

我的愛人已離去，誰人與我共朝夕？

獨自一人到天明。

夏天白日久，冬天夜漫長。

百年熬到頭，與他同穴葬。

冬夜多寂寥，夏日白晝長。

百年熬到頭，與他同墓葬。

經典名句

夏之日，冬之夜，
百歲之後，歸于其居！

註 釋

1. 蒙：覆蓋。楚：叢生灌木，今
   名荊條。

2. 蘞（liǎn）：粵音同"斂"，即白
   蘞，蔓生植物。蔓：蔓延。

3. 予：我。予美，我的愛人。亡：
   不在。亡此，不在這裏。此處
   以"不在這裏"表示男子已經死
   去。

4. 與：共處，相伴。

5. 域：猶"野"，指野外。

6. 角枕：方枕，有八角，所以叫角
   枕。粲：鮮明的樣子。

7. 衾：被子。爛：鮮明。

8. 日、夜：夏天日長，冬天夜長，
   愁人更覺如此。此句講日夜相
   思，憂愁難解。

9. 居：與下章的"室"字意思相
   同，均指墳墓。

采苓
[諷諫]

采苓采苓[1]，首陽之顛[2]。
人之為言[3]，苟亦無信[4]。
舍旃舍旃[5]，苟亦無然[6]。
人之為言，胡得焉[7]！

采苦采苦，首陽之下。
人之為言，苟亦無與[8]。
舍旃舍旃，苟亦無然。
人之為言，胡得焉！

采葑采葑[9]，首陽之東。
人之為言，苟亦無從。
舍旃舍旃，苟亦無然。
人之為言，胡得焉！

【賞析】這是一篇勸人要分辨黑白，不要聽信假話的詩。此詩的主要特點是採用了論說的形式，以勸誠的口吻敘述全篇。詩分三章，採用託物起興的手法，以到首陽山採苓、採苦、採葑起興（據考證，苓生於低濕之地，苦生於田地，葑生於菜圃，詩中卻說到山上去採），說明「人之為言」不可信；接著又提出對待「為言」的方式，即「無信」、「無與」、「無從」及徹底捨棄，逐層遞進，具有很強的說服力。

採甘草啊採甘草，爬到首陽山頂來。

有人專愛說假話，千萬別信他胡言。

拋棄它啊捨棄它，千萬不要相信它。

有人專愛說假話，那些假話哪能對？

採苦菜啊採苦菜，來到首陽山腳下。

有人專愛說假話，千萬不要聽從它。

拋棄它啊捨棄它，千萬不要相信它。

有人專愛說假話，那些假話哪能對？

採葑菜啊採葑菜，走到首陽山東面。

有人專愛說假話，千萬不要跟從他。

拋棄它啊捨棄它，千萬不要相信它。

有人專愛說假話，那些假話哪能對？

經典名句

人之為言，苟亦無信。
舍旃舍旃，苟亦無然。

註　釋

1. 苓：即甘草。

2. 首陽：山名，在今山西省。顛：山頂。苓草本在低濕地上生長，而今卻說到山上去採，本不可能，但詩中卻這樣說，表示"人之為言"使黑白顛倒，不可信。

3. 為：通"偽"。偽言，謊話，假話。

4. 苟：姑且。無：勿，不要。

5. 舍：拋棄。旃（zhān）：本是"之焉"的合音字，也可分開作"之"，或作"焉"，均是語助詞。這句話是說拋棄那些謊話吧。

6. 然：是，認為⋯⋯是對的。無然，指不要相信假話。

7. 得：對。

8. 與：贊同，認同。

9. 葑（fēng）：又名蔓菁。

綢繆

[婚戀]

綢繆束薪[1]，三星在天[2]。

今夕何夕，見此良人[3]？

子兮子兮，如此良人何？

柴草捆捆緊纏綿，
參星閃亮在天邊。
今夜是個啥夜晚，
忽然見到好人兒。
哎呀哎呀好人兒，
讓我把你怎麼辦？

綢繆束芻[4]，三星在隅[5]。

今夕何夕，見此邂逅？

子兮子兮，如此邂逅何？

芻草捆捆緊纏綿，
參星閃爍東南方。
今夜是個啥夜晚，
不期而遇見了面。
哎呀哎呀心上人，
見面之後怎麼辦？

綢繆束楚[6]，三星在戶。

今夕何夕，見此粲者[7]？

子兮子兮，如此粲者何？

荊條捆捆緊纏綿，
參星閃爍門頭上。
今夜是個啥夜晚，
忽然見到美人兒。
哎呀哎呀美人兒，
讓我把你怎麼辦？

經典名句

今夕何夕，見此良人？子兮子兮，如此良人何？

註釋

1. 綢繆（móu）：纏繞。束薪：柴捆。
2. 三星：即參星，古人以九月霜降到二月冰泮為婚期，此時正值參星在天、在隅、在戶，所以參星出現標誌着可以嫁娶。
3. 良人：好人，古代女子對男子的稱呼。
4. 芻（chú）：餵牲口的草。
5. 隅：天空的東南方。
6. 楚：叢生灌木，荊條。
7. 粲：美好。粲者，指女子。

【賞析】 本篇寫一對有情男女在夜間邂逅相會。古人嫁娶在黃昏，故以「束薪」來照明；古人娶親用馬車，故以「綢繆束薪，三星在天」、「束楚」等比喻男女新婚之樂，奠定了全文溫馨愉悅的感情基調；接下來「今夕何夕」一句，以疑問的口吻表示轉折，表明現在雖非嫁娶之時，卻得以歡會，蘊涵着無數的驚喜：「邂逅」一詞，明確點明男女不期而會的事實；每章末兩句發出「子兮子兮，如此……何」的感歎，不期而會的驚喜致人有手足無措之感。敘述隨着感情的抒發而不斷轉化，生動地表現了詩篇的旨意。

88

秦風

小戎

[戰爭]

小戎俴收[1]，五楘梁輈[2]。

遊環脅驅[3]，陰靷鋈續[4]。

文茵暢轂[5]，駕我騏馵[6]。

言念君子，溫其如玉。

在其板屋[7]，亂我心曲。

四牡孔阜，六轡在手。

騏駵是中[8]，騧驪是驂[9]。

龍盾之合[10]，鋈以觼軜[11]。

言念君子，溫其在邑。

方何為期？胡然我念之。

俴駟孔羣[12]，厹矛鋈錞[13]。

蒙伐有苑[14]，虎韔鏤膺[15]。

交韔二弓，竹閉緄縢[16]。

言念君子，載寢載興。

厭厭良人[17]，秩秩德音[18]。

小兵車，廂板收束淺，車轅上，五道箍帶色鮮豔。

皮環脅驅前後連，皮帶橫板接銅環。

虎皮墊子長車轂，駕馬毛色青黑間。

感懷想起我夫君，性情溫和如玉般。

他到西戎去征戰，讓我心緒多煩亂。

四匹雄馬多肥大，六根韁繩手中拉。

青黑紅黑在中間，黃馬黑馬在兩邊。

兩塊盾牌畫飛龍，驂馬內轡白銅環。

感懷想起我夫君，溫和自處邊邑間。

將以何時為歸期？為何讓我如此念。

四馬無甲頗相安，三刃長矛白銅纏。

盾上花紋多漂亮，虎皮弓袋鏤圖案。

兩弓交叉弓袋裏，竹柲捆綁繩子纏。

感懷想起我夫君，醒時夢中皆不安。

夫君嫻雅又文靜，聲望禮節人稱讚。

經典名句

言念君子，溫其如玉。
在其板屋，亂我心曲。

註釋

1. 小戎：小兵車。俴（jiàn）：粵音同"濺"，淺。收：指車後廂板，可依乘車需要收放。
2. 楘（mù）：粵音同"務"，用皮革纏住車轅而形成的環形，用於加固車轅。梁輈（zhōu）：車轅，古代車轅只有一根，形狀像樑，所以叫"梁輈"。
3. 遊環：活動的皮環。脅驅：駕車工具，裝在服馬肋下的環帶上，對外向兩驂馬方向探出棒狀的銅突稜物，防止驂馬過分靠裏。
4. 陰：車軾前的橫板。靷（yǐn）：引車前進的皮條。鋈（wù）：白色的銅。鋈續，白色的銅環。
5. 文茵：車裏的虎皮墊子。暢：長。轂（gǔ）：車輪中心的圓木，周圍與車輻相連，中間有孔，用來承軸。
6. 騏：青黑色花紋相間的馬。馵（zhù）：粵音同"注"，左足白色的馬。
7. 板屋：西戎民俗用木板蓋房屋，故知詩篇所述是靠近西戎地區的邊邑。
8. 駵（liú）：粵音同"留"，紅黑色的馬，也作"騮"。
9. 騧（guā）：粵音同"瓜"，黑嘴的黃馬。驪：粵音同"梨"，黑色的馬。
10. 龍盾：畫龍的盾牌。合：兩塊盾牌合在一起放在車上作為防衛工具。
11. 觼（jué）：粵音同"決"，馬具名，有舌的環。軜（nà）：驂馬內側的轡。
12. 俴駟：不披甲的四匹馬。孔：很。羣：和。
13. 厹（qiú）矛：厹，粵音同"求"。武器名，有三稜的矛刃。鋈錞（duì）：錞，粵音同"對"。矛柄下端用白銅製成的套子。
14. 蒙：在盾牌上畫各種羽毛的花紋。伐：中等大小的盾。有苑（yuàn）：即苑苑，花紋美麗的樣子。
15. 虎韔（chàng）：韔，粵音同"唱"。虎皮製的弓袋。鏤膺（yīng）：弓袋的正面鏤着圖案。
16. 竹閉：應該是"竹柲"，一種校正弓弩的工具，弓在不用的時候與柲捆綁在一起，以免變形，緄（gǔn）：粵音同"滾"，繩子。縢（téng）：捆紮。
17. 厭厭：安靜。
18. 秩秩：有次序、有禮節的樣子。德音：好聲譽。

蒹葭

[婚戀]

蒹葭蒼蒼[1]，白露為霜。

所謂伊人[2]，在水一方。

溯洄從之[3]，道阻且長。

溯遊從之，宛在水中央。

蒹葭萋萋[4]，白露未晞。

所謂伊人，在水之湄[5]。

溯洄從之，道阻且躋[6]。

溯遊從之，宛在水中坻[7]。

蒹葭采采[8]，白露未已[9]。

所謂伊人，在水之涘[10]。

溯洄從之，道阻且右[11]。

溯遊從之，宛在水中沚[12]。

【賞析】這是一篇追求意中人而不得的思慕之詩。深秋的早晨，詩人沿着河岸尋找心目中的「伊人」，他並非子虛烏有，但又幽遠難求。彎曲的河岸，崎嶇的道路都有象徵的意蘊。本篇寫的到底是國君在尋訪治國的賢才，還是詩人在追慕他的情人或者朋友，歷來莫衷一是。然而，全詩着力描寫追求的過程，而不寫追求的對象和目的，是一種藝術化的片斷截取，展示出一種思慕和惆悵的情緒。悲秋是中國文學中的傳統主題，將作品的時令安排在深秋，使得全篇瀰漫着淡淡的哀愁。

水邊蘆葦綠蒼蒼，潔白露水凝成霜。

我所懷念那一人，住在水的另一旁。

逆流而上將他訪，道路阻隔又漫長。

順流而下來尋訪，彷彿位於水中央。

水邊蘆葦多茂盛，潔白露水還未乾。

我所懷念那一人，住在那邊水岸旁。

逆流而上將他訪，道路阻隔盡山岡。

順流而下來尋訪，如在水中小島上。

水邊蘆葦多鮮亮，潔白露水還在降。

我所懷念那一人，住在那側水邊上。

逆流而上將他訪，彎曲險阻道路長。

順流而下來尋訪，似在水中沙洲上。

經典名句

蒹葭蒼蒼，白露為霜。
所謂伊人，在水一方。

註釋

1. 蒹（jiān）：又稱荻，蘆葦一類的植物。葭（jiā）：蘆葦。蒼蒼：茂盛的樣子。
2. 所謂：所說的。伊人：那人，指作者所懷念的人。
3. 溯洄：逆河流向上走。
4. 萋萋：茂盛的樣子。
5. 湄：河水與河岸交接的地方。
6. 躋（jī）：粵音同"劑"，原意是登高，這裏指地勢高而難以到達。
7. 坻（chí）：水中的小沙洲。
8. 采采：茂盛的樣子。
9. 已：止，完。未已，沒有完。
10. 涘（sì）：粵音同"自"，水邊。
11. 右：道路迂迴彎曲。
12. 沚（zhǐ）：粵音同"止"，指水中的沙灘。

黃鳥

[諷諫]

交交黃鳥，止于棘[1]。
誰從穆公[2]？子車奄息[3]。
維此奄息，百夫之特[4]。
臨其穴，惴惴其慄[5]。
彼蒼者天，殲我良人！
如可贖兮，人百其身[6]！

交交黃鳥，止于桑。
誰從穆公？子車仲行[7]。
維此仲行，百夫之防[8]。
臨其穴，惴惴其慄。
彼蒼者天，殲我良人！
如可贖兮，人百其身！

交交黃鳥，止于楚[9]。
誰從穆公？子車鍼虎。
維此鍼虎，百夫之禦[10]。
臨其穴，惴惴其慄。
彼蒼者天，殲我良人！
如可贖兮，人百其身！

【賞析】 秦穆公死，以秦國的三位賢士殉葬，即子車氏奄息、仲行、鍼虎。秦國人作《黃鳥》來諷刺秦穆公，並對「三良」的不幸表示同情和痛惜，在客觀上痛斥了殘酷的人殉制度。《黃鳥》共三章，每章的前兩句都寫黃鳥停在荊棘一類的惡木上，不得所處，詩篇以此來起興，喻指三良從死是不得其所。三章的最後都以「彼蒼者天，殲我良人」來呼告上天，直白的語言表達了強烈的感情。

94

黃鳥交交叫。落在酸棗樹。

誰從穆公死？子車氏奄息。

說起這奄息，百人之俊雄。

面臨他墳墓，戰慄心恐懼。

在上有青天，為何殺良臣！

若是可替換，百人換一人！

黃鳥交交叫，停在桑樹上。

誰從穆公死？子車氏仲行。

說起這仲行，百人才相當。

面臨他墳墓，發抖心驚慌。

在上有青天，為何殺良臣！

若是可替換，百人換一人！

黃鳥交交叫，停落在荊楚。

誰從穆公死？子車氏鍼虎。

說起這鍼虎，一個抵百夫。

面臨他墳墓，發抖心恐怖。

在上有青天，為何殺良臣！

若是可替換，百人換一人！

經典名句

彼蒼者天，殲我良人！
如可贖兮，人百其身！

註 釋

1. 止：停落，棲止。棘：酸棗樹。酸棗樹不是很好的停落地，用黃鳥不得其所來起興，襯托三位賢良殉葬的不幸。

2. 從：從死，即殉葬。穆公：秦穆公，春秋時期秦國的一位君主，春秋五霸之一。

3. 子車奄息：秦國大夫，子車是他的姓氏。

4. 特：傑出。這句是說，他的才幹百裏挑一。

5. 惴惴（zhuì）：恐懼的樣子。慄：顫慄，發抖。

6. 人百其身：情願用一百人來替換他，而不希望用他來殉葬。人百，即"百人"。

7. 仲行：與下一章的鍼（qián）虎皆奄息的兄弟。

8. 防：當。這句話是說他一人可當百夫。

9. 楚：荊條。

10. 禦：當。這句與上章的"百夫之防"意思相近。

車鄰

[感懷]

有車鄰鄰[1]，有馬白顛[2]。
未見君子[3]，寺人之令[4]。

阪有漆[5]，隰有栗[6]。
既見君子，並坐鼓瑟[7]。

今者不樂，逝者其耋[8]！
阪有桑，隰有楊。

既見君子，並坐鼓簧。
今者不樂，逝者其亡！

馬車行進轔轔響，
白額馬兒叫"的顙"。
尚未見到國君面。
讓那侍臣傳達上。

斜坡上面有漆樹，
低濕地方有栗樹。
已經見到我國君，
同坐一起來彈瑟。

今日如若不盡歡，
明日衰老難再得！
斜坡上面有桑樹，
低濕地方植有楊。

已經見到國君面，
同坐一起來擊簧。
今日如若不盡歡，
一去不返是時光！

【賞析】 本篇讚美秦國車馬禮樂，君臣相得的盛況。第一章用賦法，寫車馬之盛，有炫耀武功的意味，反映出秦人尚武的特性。二三章改用比興手法，描寫鼓瑟、鼓簧的快樂場面和氛圍，抒發「今者不樂，逝者其亡」的感歎，反映出一種及時行樂的態度。

經典名句

既見君子，並坐鼓簧。
今者不樂，逝者其亡！

註 釋

1. 鄰鄰：行車的聲音。
2. 白顛：馬的額頭正中有塊白毛，又稱"的顙"(sǎng)。
3. 君子：指秦君。
4. 寺人：官名，內小臣，宮中的侍從。
5. 阪 (bǎn)：山坡、斜坡。
6. 隰 (xí)：粵音同"習"，低窪潮濕的土地。
7. 鼓：彈奏。瑟：與下章的"簧"，都是樂器。
8. 逝者：將來，與"今者"意思相對。耋(dié)：八十歲，泛指年老。

晨風

[婚戀]

鴥彼晨風[1]，鬱彼北林。
未見君子，憂心欽欽[2]。
如何如何？忘我實多！

山有苞櫟[3]，隰有六駁[4]。
未見君子，憂心靡樂。
如何如何？忘我實多！

山有苞棣[5]，隰有樹檖[6]。
未見君子，憂心如醉。
如何如何？忘我實多！

鷐鷹迅疾似箭飛，
落在北林多葱翠。
沒有見到我夫君，
憂鬱在心難寬慰。
無奈何呀為甚麼？
簡直把我忘乾淨！

櫟樹叢生在山上，
低濕之地長梓榆。
沒有見到我夫君，
憂鬱難解不開心。
無奈何呀為甚麼？
簡直把我忘乾淨！

棠棣叢生在山上，
山梨直立低地中。
沒有見到我夫君，
心憂鬱如酒未醒。
無奈何呀為甚麼？
簡直把我忘乾淨！

經典名句

未見君子，憂心如醉。
如何如何？忘我實多！

註釋

1. 鴥（yù）：鳥飛得很快的樣子。晨風：鸇（zhān）鳥，即鷂（yào）鷹。
2. 欽欽：憂而不忘的樣子。
3. 苞（bāo）：樹木叢生的樣子。櫟（lì）：櫟樹。
4. 隰（xí）：低濕之地。六駁（bó）：駁，粵音同"博"。梓榆，其樹皮斑駁。
5. 棣（dì）：棠棣。
6. 樹：直立的樣子。檖（suì）：粵音同"隧"，山梨。

【賞析】本篇寫妻子對丈夫的思念。詩篇感情強烈，語氣直白。「如何如何，忘我實多」，痛苦而無奈，怨艾之情溢於言表。首章以鳥兒還知道回巢來起興，反比丈夫不思歸家。山隰對舉是古代陰陽觀念的一個具體表現，詩人以此來表達夫婦間應有之關係。丈夫將她棄之腦後，不符合倫理，故引起作者如此反覆詠唱。

無衣

[戰爭]

豈曰無衣？與子同袍[1]。
王于興師[2]，修我戈矛[3]，
與子同仇[4]！

豈曰無衣？與子同澤[5]。
王于興師，修我矛戟[6]，
與子偕作[7]！

豈曰無衣？與子同裳[8]。
王于興師，修我甲兵[9]，
與子偕行！

難道説沒衣服穿？
我要與你共戰袍。
大王即將要起兵，
修繕我的戈與矛，
與你一同上戰場。

難道説沒衣服穿？
我要和你共內衣。
大王即將要起兵，
修繕整治矛和戟，
我們行動在一起。

難道説沒衣服穿？
我要與你共戰裙。
大王即將要起兵，
整治鎧甲和兵器，
和你一道從軍行。

【賞析】 本篇是讚頌秦國戰士同仇敵愾精神的詩篇，反映了秦軍慷慨奮發的勇武精神。本篇三章，只換用了幾個字，但絕不顯其重複。全詩語言樸實，氣韻古直，雖然沒有華麗的詞藻，卻傳遞出一種質樸真實的感情，是秦風風格的典型代表。

經典名句

豈曰無衣？與子同袍。王于興師，修我戈矛，與子同仇！

註釋

1. 袍：長衣。同袍，表示友愛互助。
2. 于：語助詞。
3. 戈：商周時期最常見的一種兵器，有很多種類型，一般是橫刃長柄，用以橫擊和鈎殺。矛：我國古代的主要兵器，有很多類型，一般是在長柄上裝以矛頭，用於衝刺。
4. 仇 (qiú)：夥伴。同仇，與下文"偕作"、"偕行"同意。
5. 澤：通"襗"(zé)，貼身衣褲，內衣。
6. 戟 (jǐ)：是古代的長柄兵器，合戈、矛為一體，略似戈，兼有戈之橫擊、矛之直刺兩種作用，既可以刺殺也可以勾殺，殺傷力比戈、矛為強。
7. 作：起來。這裏指一起行動。
8. 裳：下衣，戰裙。
9. 甲：鎧甲。兵：兵器。

渭陽

[感懷]

我送舅氏[1],	我送舅舅回故鄉,
日至渭陽[2]。	一直送到渭水陽。
何以贈之?	該送甚麼禮物好?
路車乘黃[3]。	諸侯之車四馬黃。
我送舅氏,	我送舅舅回故鄉,
悠悠我思[4]。	思緒無限悠悠長。
何以贈之?	該送甚麼禮物好?
瓊瑰玉佩[5]。	美石佩玉表衷腸。

經典名句

我送舅氏,悠悠我思。
何以贈之?瓊瑰玉佩。

註釋

1. 舅氏:舅舅。
2. 渭:渭水,流經咸陽,是黃河的支流。陽:山的南面和水的北岸稱"陽"。渭陽,指渭水北岸。
3. 路車:古代諸侯所乘的車。乘(shèng):一車四馬為一"乘"。乘黃,駕車的四匹馬都是黃色。
4. 悠悠:思念深長的樣子。
5. 瓊:玉石。瑰:美石。

【賞析】《渭陽》是一篇外甥送別舅父的詩。舊說認為是秦穆公的兒子康公,送晉公子重耳的詩(康公的母親是重耳的姐姐)。這種說法未必準確。但主人公所贈送的禮物「路車乘黃」,是諸侯所用之物。從此可以看出,主人公以及舅父都是高級貴族。一句「悠悠我思」,滿含了真摯的感情,淡然之中的憂愁,最能引起人的共鳴。

陳 風

東門之枌

[婚戀]

東門之枌¹，　　　　東門多白榆，
宛丘之栩²。　　　　宛丘多柞樹。
子仲之子，　　　　子仲家女兒，
婆娑其下³。　　　　樹下輕盈舞。

穀旦于差⁴，　　　　選擇一個好日子，
南方之原。　　　　南面平原去歡聚。
不績其麻⁵，　　　　不像平日紡麻布，
市也婆娑。　　　　翩然起舞過鬧市。

穀旦于逝⁶，　　　　趁此吉日去歡聚，
越以酸邁⁷。　　　　多次聚會好地方。
視爾如荍⁸，　　　　看你美如錦葵花，
貽我握椒⁹。　　　　贈我花椒滿手香。

經典名句

東門之枌，宛丘之栩。子仲之子，婆娑其下。

註釋

1. 東門：陳國的城門。 枌（fén）：粵音同"焚"，白榆。
2. 栩（xǔ）：柞樹。
3. 婆娑：跳舞的樣子。這裏指男女相會時的歌舞。
4. 穀（yǔ）：善。穀旦，好日子。于：語助詞，無實義。差（chāi）：粵音同"猜"，選擇。這句是説，選擇一個好日子。
5. 績：紡。這句是説，放下日常的工作。
6. 逝：往，前往。
7. 越以：同"於以"，發語詞，無實義。酸（zōng）：粵音同"終"，屢次。邁：往，去。
8. 荍（qiáo）：粵音同"橋"，又名錦葵，花冠淡紫紅色。
9. 貽：贈送。握椒：一把花椒，是女子送給詩人的禮物。花椒是古代一種重要的香料，所以古人以之為禮物。

【賞析】 本篇是熱情奔放的情歌。一個良辰吉日，子仲家的姑娘放下日常的紡麻工作，與情人一起到南方平原跳舞，並把花椒當作禮物送給了情人。花椒是一種用來降神的香物。這位姑娘跳舞時隨身帶着花椒，可能還是一位巫女。本篇從一個側面反映了陳國巫風大盛的獨特風俗，詩中熱鬧歡樂的氣氛和場面如在面前。

衡門

[婚戀]

衡門之下[1]，　　　　　橫木且作門，
可以棲遲[2]。　　　　　門下可休息。
泌之洋洋[3]，　　　　　湯湯泌泉水，
可以樂飢[4]。　　　　　可以療我飢。

豈其食魚，　　　　　　吃魚又何必，
必河之魴[5]？　　　　　非要黃河鯿？
豈其取妻[6]，　　　　　娶妻又何必，
必齊之姜[7]？　　　　　齊國姜姓女？

豈其食魚，　　　　　　吃魚又何必，
必河之鯉？　　　　　　定要黃河鯉？
豈其取妻，　　　　　　娶妻又何必，
必宋之子？　　　　　　定要宋公女？

經典名句

衡門之下，可以棲遲。
泌之洋洋，可以樂飢。

註釋

1. 衡門：橫木為門，指居住的簡陋。
2. 棲遲：休息。
3. 泌（bì）：泉水名，在陳國泌丘。洋洋：泉水盛大的樣子。
4. 樂：通"療"。
5. 魴：鯿魚，古人認為鯿魚和鯉魚是最上等的魚。
6. 取：古代的"娶"字。
7. 齊姜：齊國王族的姜姓女子。下文的宋子指宋國王族子姓的女子。

【賞析】本篇是一篇反映古代青年男女婚姻愛情的詩篇。「衡門之下，可以棲遲」指出了歡聚的地點。詩篇的第二、三章寫的都是吃魚和娶妻，吃魚是和婚姻愛情相關的隱語。詩人表示吃魚不必非黃河的魴魚和鯉魚不可，娶妻也不必非貴族女子不可，表達了對對方的愛慕和欣賞。有的觀點將此理解為表達了詩人知足常樂的心情，認為「衡門之下，可以棲遲。泌之洋洋，可以樂飢」，反映的是古代隱士安貧樂道、不刻意營求的情懷。

月出

[婚戀]

月出皎兮[1]，　　　月亮出來明皎皎，
佼人僚兮[2]。　　　美人面孔好俊俏。
舒窈糾兮[3]，　　　舉止嫻緩身高挑，
勞心悄兮[4]！　　　讓我心思多煩惱！

月出皓兮[5]，　　　月亮出來滿皓光，
佼人懰兮[6]。　　　美人身姿多嬌妖。
舒懮受兮，　　　　從容舒徐好綽約，
勞心慅兮[7]！　　　讓我心思愁且焦！

月出照兮[8]，　　　月亮出來光在照，
佼人燎兮[9]。　　　美人容貌多姣好。
舒夭紹兮，　　　　體態舒緩多健康，
勞心慘兮[10]！　　　讓我心思好煩躁！

經典名句

月出皎兮，佼人僚兮。
舒窈糾兮，勞心悄兮！

註釋

1. 皎：形容月光潔白明亮。
2. 佼：又作"姣"，美好。佼人，美人。僚："嫽"的假借字，美麗。
3. 舒：舒展。下文的"窈糾(jiǎo)"，"懮受"，"夭紹"，都是形容人身材頎長，與"窈窕"意思相近。
4. 勞心：憂心。悄：深深憂愁的樣子。
5. 皓：本來指日光，這裏形容月光明亮。
6. 懰(liǔ)：粵音同"柳"，"嬼"的假借，嫵媚。
7. 慅(cǎo)：粵音同"草"，憂愁不安的樣子。
8. 照：這裏當形容詞，光明的樣子。
9. 燎：漂亮的樣子。
10. 慘：讀為"懆"(cǎo)，憂愁而煩躁不安的樣子。

【賞析】　本篇是一篇懷人的詩篇。每章均以月出起興，用月亮之光與美人之美交相輝映，描繪出一位「佼人」的嫵媚。最後一句寫詩人的心情，抒發了詩人的幽幽思念和難以排解的愁緒。重章複唱的手法造成一種迴環往復的結構，使得全篇搖曳生姿，韻律動人。

澤陂

[婚戀]

彼澤之陂[1]，有蒲與荷。

有美一人，傷如之何！

寤寐無為，涕泗滂沱。

彼澤之陂，有蒲與蕑[2]。

有美一人，碩大且卷[3]。

寤寐無為，中心悁悁[4]。

彼澤之陂，有蒲菡萏[5]。

有美一人，碩大且儼[6]。

寤寐無為，輾轉伏枕。

繞城湖澤水岸邊，
蒲草蓮荷好鮮豔。
一個女子好漂亮，
思念她該怎麼辦！
醒時睡着都無計，
涕淚如雨流腮邊。

繞城湖澤水岸邊，
蒲草蓮荷好鮮豔。
一個女子好漂亮，
高挑美麗又壯健。
醒時睡着都無計，
煩惱在心愁無限。

繞城湖澤水岸邊，
蒲草荷花滿池塘。
一個女子好漂亮，
身材高大又端莊。
醒時睡着都無計，
翻覆難眠伏枕上。

經典名句

有美一人，傷如之何！
寤寐無為，涕泗滂沱。

註釋

1. 澤：湖澤。陂（bēi）：粵音同“悲”，湖澤邊的堤岸。
2. 蕑（jiān）：粵音同“間”，蓮。
3. 卷（quán）：通“婘”，漂亮美好的樣子。
4. 悁（yuān）：粵音同“冤”，憂鬱的樣子。
5. 菡萏（hàn dàn）：粵音同“檻氮”，荷花。
6. 儼：端莊。

【賞析】　本篇是懷人之詩。詩人在湖邊遇到一個豐滿頎長的女子，喜歡她卻沒有辦法追求到，因而寫詩抒發感傷。每章的前兩句都以長滿蒲草、荷花的池塘起興，用鮮豔的蒲草、荷花來比喻女子的美麗。接下來從身材高挑等方面來正面描寫這位美人。正是因為美人如此之美，才使得繼而抒發的求之不得的心情顯得更加難過和遺憾。本篇與《關雎》的結構和所表達的感情頗有相似之處，可以參照來看。

檜 風

素冠

[讀頌]

庶見素冠兮[1]，　　　　　幸而還能見白帽，
棘人欒欒兮[2]，　　　　　孝子體瘦容枯槁，
勞心慱慱兮[3]！　　　　　我心痛苦又憂勞！

庶見素衣兮，　　　　　　幸而還能見白衣，
我心傷悲兮！　　　　　　我心悲傷不停息！
聊與子同歸兮[4]。　　　　我願與你同歸去。

庶見素韠兮[5]，　　　　　幸而能見白蔽膝，
我心蘊結兮[6]！　　　　　我心鬱結豈終極！
聊與子如一兮[7]。　　　　我願與你守古禮。

經典名句

庶見素衣兮，我心傷悲兮！聊與子同歸兮。

註釋

1. 庶：庶幾，幸而。素冠：白帽子，與下文的"素衣"、"素韠"都是喪服的服飾。
2. 棘：古"瘠"字，瘦削。欒欒：瘦瘠的樣子。這句是說，居喪的人很瘦。這是因為居喪者遵守古禮，悲傷愁苦，粗衣惡食，所以形體消瘦。
3. 慱慱（tuán）：粵音同"團"，悲苦不安的樣子。
4. 聊：願。子：指居喪者。同歸：共同歸於居喪者之居，有一起遵守古禮之意。
5. 韠（bì）：粵音同"畢"，蔽膝，長方形，上窄下寬，有些像今天的圍裙。素韠，白色的蔽膝，居喪時應穿白色。
6. 蘊結：憂鬱不解的樣子。
7. 如一：一起遵守古禮。

【賞析】　本篇是稱讚居喪守孝的人能夠遵守古禮的詩篇。古代對於喪禮有詳細的規定，但詩人所處的時代已經很少有人能遵循了。詩中的居喪者合於禮法，十分難得，所以詩人在一開始說「庶見素冠兮」，表達了幸而得見之意。詩篇接下來表示對居喪者失去親人的同情和哀傷，末句則表明要一起遵守古禮。

曹風

蜉蝣

[感懷]

蜉蝣之羽[1]，	蜉蝣的翅膀，
衣裳楚楚[2]。	鮮亮好衣服。
心之憂矣，	我心多憂傷。
於我歸處[3]。	與我同歸宿。
蜉蝣之翼，	蜉蝣的雙翼，
采采衣服[4]。	華麗美衣服。
心之憂矣，	我心多憂傷，
於我歸息。	與我同止息。
蜉蝣掘閱[5]，	蜉蝣穿地出，
麻衣如雪[6]。	麻衣白如雪。
心之憂矣，	我心多憂傷，
於我歸說[7]。	與我同休歇。

經典名句

蜉蝣掘閱，麻衣如雪。
心之憂矣，於我歸說。

註釋

1. 蜉蝣（fú yóu）：一種小昆蟲，壽命很短。
2. 楚楚：鮮明的樣子，形容蜉蝣的羽翼。
3. 於：通"與"。歸：依歸，指死亡。歸處，與下文的"歸息"、"歸說"意思相同。
4. 采采：華美。
5. 掘：穿。閱：通"穴"。掘閱，穿穴，蜉蝣的幼蟲會在陰雨中穿穴而出地面，變為成蟲。
6. 麻衣：指蜉蝣的羽翼。如雪：形容羽翼鮮潔。
7. 說（shuì）：粵音同"歲"，與上章的"息"同義，停息，休歇。

【賞析】 本篇表達了對人生短促的歎息。全篇三章，都用蜉蝣起興，來比喻人生的短促。蜉蝣雖然有「楚楚」、「采采」的華麗外表，卻朝生暮死，生命短促。「生年不滿百，常懷千歲憂」，詩人觸景生情，頓生感傷。

豳風

七月

[農事]

七月流火[1]，九月授衣。

一之日觱發[2]，二之日栗烈[3]，

無衣無褐，何以卒歲？

三之日于耜[4]，四之日舉趾[5]。

同我婦子，饁彼南畝[6]，

田畯至喜[7]。

七月流火，九月授衣。

春日載陽，有鳴倉庚。

女執懿筐，遵彼微行[8]，

爰求柔桑。

春日遲遲，采蘩祁祁。

女心傷悲，殆及公子同歸[9]。

七月流火，八月萑葦[10]。

蠶月條桑，取彼斧斨[11]，

以伐遠揚，猗彼女桑[12]。

七月鳴鵙[13]，八月載績。

載玄載黃，我朱孔陽[14]，

為公子裳。

【賞析】　本篇是一篇農事詩，描寫了古代人們一年四季的生活情況。這樣一篇規模宏大的農事詩，應該是多年流傳，經人加工整理才成的。《七月》不但具有很高的文學藝術價值，而且有重要的史料價值，是認識古代社會的重要歷史文獻。反過來說，沒有對古代社會的正確認識，也很難對詩篇的內容有正確理解，這種關係是讀《詩經》的人所應仔細玩味的。

七月火星西下行，九月分發厚衣服。

十一月裏寒風緊，十二月裏寒徹骨，

如果還無寒衣穿，依靠甚麼過殘年？

正月裏來修犁頭，二月春耕要開始。

我同我的妻與子，南地舉行春齰祭；

農神定來享酒食。

七月火星西下行，九月分發厚衣裳。

春天天氣變暖和，黃鶯聲聲在鳴唱。

姑娘手中提深筐，走在桑間小路上，

所採葉子是嫩桑。

春季日子暖又長，繁密白蒿採摘忙。

姑娘心裏好悲傷，將嫁公子離爹娘。

七月火星西下行，荻草蘆葦八月收。

三月餵蠶伐桑枝，斧子與斨拿在手，

高處桑枝來砍下，婀娜桑嫩枝條長。

七月杜鵑鳥兒叫，八月開始紡織忙。

染色有玄又有黃，我染深紅色鮮亮，

拿給公子作衣裳。

註 釋

1. 七月：周代各地存在着幾種曆法，如夏曆、殷曆、周曆、豳曆。豳曆七月即夏曆七月。流：行星在天空的位置向下方移動。火：星宿名，即心宿二，又名大火，每年夏曆五月的黃昏時出現在天空當中。六月以後偏西，七月向下行。

2. 一之日：即夏曆十一月、周曆正月，豳曆以這個月為歲始。下文的"二之日"、"三之日"、"四之日"相當於夏曆的十二月，正月和二月。觱發（bì bō）：粵音同"必波"，寒風觸物的聲音。

3. 栗烈："凜冽"的假借字，寒風刺骨的樣子。

4. 于：語助詞。耜（sì）：古代的一種農具，這裏指使用這種農具耕作。

5. 舉趾：舉足下田，指開始春耕。

6. 齰（yè）：粵音同"葉"，一種祭祀農神的祭禮。

7. 田畯（jùn）：畯，粵音同"俊"。農神。喜：饎（chì）的假借字，酒食，這裏指農神來享用酒食。

8. 遵：沿着。微行（háng）：小路。

9. 殆：將要。公子：豳公之子。歸：出嫁。同歸，指結為婚姻。

10. 萑（huán）：粵音同"玩"，蘆葦一類的植物，沒長穗的叫蒹，長穗的叫萑。葦：蘆葦。

11. 斨（qiāng）：粵音同"槍"，方柄孔的斧子。

12. 猗（yī）：粵音同"衣"，猗儺，即"婀娜"，長長的樣子。女桑：嫩桑葉。

13. 鵙（jú）：粵音同"決"，鳥名，又叫伯勞、子規，即杜鵑鳥。

14. 朱：大紅色。孔：非常。陽：鮮明。

111

四月秀葽[15]，五月鳴蜩。

八月其穫，十月隕蘀[16]。

一之日于貉[17]，取彼狐狸，

為公子裘。

二之日其同，載續武功[18]。

言私其豵[19]，獻豜於公[20]。

五月斯螽動股[21]，六月莎雞振羽[22]。

七月在野，八月在宇，

九月在戶，十月蟋蟀入我牀下。

穹窒熏鼠[23]，塞向墐戶。

嗟我婦子，曰為改歲，

入此室處。

六月食鬱及薁[24]，七月亨葵及菽[25]，

八月剝棗。十月穫稻，

為此春酒，以介眉壽。

七月食瓜，八月斷壺，

九月叔苴[26]。采荼薪樗[27]，

食我農夫[28]。

四月遠志已秀穗，五月蟬兒在鳴唱。

八月作物要收穫，十月葉子開始落。

十一月裏去打貉，把那狐狸打了來，

要給公子做衣服。

十二月裏合大眾，繼續打獵好練武。

小獸歸我私人有，大獸要去交公府。

五月蚱蜢動腿聲，六月莎雞振翅鳴。

七月蟋蟀在野外，八月就到屋簷下，

九月到了房子中，十月爬到我牀下。

修繕屋頂燻老鼠，塞住北窗泥塗門。

可憐我的妻與子，也算辭舊迎新歲，

進那房子去住吧。

六月棠棣野葡萄，七月葵菜大豆煮，

八月裏面去撲棗。十月收稻穀米香，

釀成這樣的春酒，用來祈求人壽長。

七月份裏吃瓜菜，八月葫蘆摘下來，

九月裏去拾麻籽。臭椿當柴採苦菜，

以此養活我農夫。

15. 秀：結穗。葽（yāo）：粵音同
"腰"，一種多年生的蔓草，又名
野甜瓜，師姑草。一說即遠志。

16. 隕：落下。蘀（tuò）：粵音同
"托"，草木脱落的皮或葉子。

17. 于：語助詞。貉（hé）：一種動
物，形似狐狸而稍胖，皮毛很珍
貴。這裏的"貉"字作動詞用，
意思是"獵取貉"。"一之日于
貉"和"取彼狐狸"是互文，是
獵殺貉和狐狸，取牠們的毛皮
"為公子裘"。

18. 纘（zuǎn）：粵音同"轉"，繼
續。武功：指田獵，古代的田
獵帶有軍事演習的性質。這兩
句是説，集體去打獵。

19. 言：語助詞，無實義。私：這
裏作動詞，歸私人所有。豵
（zòng）：粵音同"宗"，一歲的
小豬，這裏泛指小的野獸。

20. 豜（jiān）：粵音同"堅"，三歲
的大豬，泛指大獸。

21. 斯螽（zhōng）：即螽斯。螽斯
是摩擦翅膀發聲，古人認為牠
是動腿發聲，所以説"斯螽動
股"。

22. 莎（suō）雞：粵音同"疏"，俗
稱紡織娘，又名莎蟲，是螽斯科
的一種昆蟲。

23. 穹：通作"窮"，掃除。窒：房
屋縫隙中積存的垃圾。

24. 鬱：即棠棣。薁（yù）：粵音同
"育"，野葡萄。

25. 亨：即"烹"的本字。葵：古代
人常食用的一種蔬菜。菽：豆。

26. 叔：拾取。苴（jū）：粵音同
"追"，麻籽。

27. 荼：苦菜。薪：當動詞用，燒。
樗（chū）：臭椿。薪樗，用臭
椿當柴燒。

28. 食（sì）：給……吃。

九月築場圃，十月納禾稼，
黍稷重穋[29]，禾麻菽麥。
嗟我農夫！
我稼既同，上入執宮功：
晝爾于茅，宵爾索綯[30]，
亟其乘屋，其始播百穀。

二之日鑿冰沖沖，三之日納于凌陰[31]。
四之日其蚤[32]，獻羔祭韭[33]。
九月肅霜，十月滌場。
朋酒斯饗[34]，曰殺羔羊。
躋彼公堂，稱彼兕觥[35]，
萬壽無疆！

九月修場來打穀，十月莊稼就收穫，
黃米稷子和稻穀，粟麻大豆和小麥。
歎我農夫多辛苦！
我的莊稼剛收完，還要修房在公府：
白天要把茅草割，晚上要把繩子搓，
快上屋頂去修理，又要開始種百穀。

十二月裏去鑿冰，正月把冰放地窖。
二月早朝要取冰，祭祀寒神求福保。
九月氣爽天朗潔，樹木蕭索在十月。
兩壺酒在一起享，再殺掉那小羔羊。
同來聚會登公堂，舉起酒杯來祝福，
祝大家萬壽無疆！

29. 黍：穀物的一種，碾成的糧食
稱為黃米。稷：穀類的一種，
和黍子相似。重：種（tóng），
先種後熟的穀。穋（lù）：粵音
同"六"，通"稑"，後種早熟的
穀。

30. 宵：晚上。索：搓。綯（táo）：
繩子。

31. 凌陰：存放冰的地方，類似於
近代的冰窖。

32. 蚤："早"的假借字。四之日其
早，即二月初，是祭祀司寒之神
的時間。

33. 獻：一種祭祀之名。羔："昭"
的假借字，即"昭明"神。獻羔，
祭祀昭明之神。祭韭：祭祀司
寒之神，"韭"為"寒"的誤字。

34. 朋酒：兩壺酒。斯：語助詞，
無實義。饗：在一起飲酒。

35. 稱：舉起。兕觥（sì gōng）：古
代酒器，盛行於商代和西周前
期。腹橢圓形或方形，有圈足、
三足或四足鳥獸形之類，有流
和鋬（pàn），蓋一般為帶角獸
頭形。

東山

[戰爭]

我徂東山[1]，慆慆不歸[2]。
我來自東，零雨其濛。
我東曰歸，我心西悲[3]。
制彼裳衣，勿士行枚[4]。
蜎蜎者蠋[5]，烝在桑野[6]。
敦彼獨宿[7]，亦在車下。

我徂東山，慆慆不歸。
我來自東，零雨其濛。
果臝之實[8]，亦施于宇。
伊威在室[9]，蠨蛸在戶[10]。
町畽鹿場[11]，熠燿宵行[12]。
不可畏也，伊可懷也。

我徂東山，慆慆不歸。
我來自東，零雨其濛。
鸛鳴于垤[13]，婦歎于室。
洒掃穹窒，我征聿至[14]。
有敦瓜苦[15]，烝在栗薪[16]。
自我不見，于今三年。

【賞析】本篇是反映戰爭生活的著名詩篇，它之所以著名，並非是由於對於戰爭本身的出色描寫，而是在於它深刻地挖掘了戰爭對於人們的生活和心理所產生的重大影響。一位多年從軍的士兵歸途思家，他在濛濛細雨中獨行於曠野，露宿於車下。沿途所見，都是經歷戰爭破壞的鄉村，屋宇被廢棄，田園也已經荒蕪。自己雖然在戰爭中倖免於難，但是九死一生的往事還是難以釋懷，瘡痍滿目的景象驚心動魄，不禁百感交集。第三章想像家中的妻子對他的苦苦思念和盼望他早日歸來的急切心情。第四章回憶當年新婚時的情景，設想重聚的景象。

我們往東山，久久不回還。

我從東方歸，濛濛細雨天。

我歸從東方，我心悲故鄉。

做好平常衣，莫再上戰場。

蠋蟲慢慢爬，久在桑野中。

士兵蜷成團，獨睡在車下。

我們往東山，久久不回還。

我從東方歸，濛濛細雨天。

瓜蔞結果實，蔓延到屋簷。

伊威在房裏，蛛網結門前。

田園鹿出沒，螢火蟲閃亮。

困苦雖不怕，心裏也悲傷。

我們往東山，久久不回還。

我從東方歸，濛濛細雨天。

鸛鳥鳴啼蟻塚上，妻子空房正歎傷。

房屋徹底來打掃，我的夫君將回鄉。

匏瓜結成一團團，繫在栗木柴上邊。

我的夫君不得見，至今已經有三年。

註 釋

1. 徂（cú）：往。東山：山名，在周公東征的區域內，具體地點不可考。

2. 慆慆（tāo）：粵音同"滔"，時間長久。

3. 西悲：想念西方的家鄉而傷悲。

4. 士：事，從事。行：讀為"橫"，意思是橫銜在口中。枚：一種小木片，形狀和筷子相似，軍事行動中令士兵銜在口中以保持肅靜。戰爭過後，就不必再銜枚了。

5. 蜎蜎（yuān）：蟲子蠕動的樣子。蠋（zhú）：粵音同"燭"，一種和蠶類似的蟲子，多生在桑樹上。

6. 烝（zhēng）：久，長時間。

7. 敦（duī）：團，指露宿的人身體蜷縮成一團。

8. 果臝（luǒ）：粵音同"裸"，一種草本的攀緣植物，又名栝樓、瓜蔞。

9. 伊威：一種蟲子，扁圓多足，生於潮濕處，今名"土鱉"。

10. 蠨蛸（xiāo shāo）：粵音同"消梢"，一種長腳的蜘蛛。

11. 町畽（tǐng tuǎn）：整修成畦的田地。這句是說，良田成為野鹿出沒的場所，形容農村的破敗荒涼。

12. 熠（yì）燿（yào）：閃光的樣子。宵行：螢火蟲的一種。

13. 鸛（guàn）：一種涉禽，食魚。垤（dié）：蟻塚。"鸛鳴于垤"是求偶的象徵。

14. 聿（yù）：這裏是將要的意思。

15. 敦：團，形容"瓜苦"的樣子。瓜苦：即"瓜瓠"，也就是匏瓜，葫蘆類。將一個匏瓜剖為兩半，男女雙方各執其一，盛酒漱口，是古代婚禮的重要儀式。

16. 栗薪：栗木的束薪，古代用束薪來比喻婚姻，以上兩句說婦女見到栗薪上的匏瓜而回想起當年結婚的情形。

我徂東山，慆慆不歸。

我來自東，零雨其濛。

倉庚于飛[17]，熠燿其羽。

之子于歸，皇駁其馬。

親結其縭[18]，九十其儀[19]。

其新孔嘉，其舊如之何？

我們往東山，久久不回還。

我從東方歸，濛濛細雨天。

黃鶯展翅飛，羽毛多鮮亮。

當年女子要出嫁，迎親用的五花馬。

母親替她結佩巾，婚禮儀式一項項。

新婚時節很漂亮，不知現在怎麼樣？

17. 倉庚：黃鶯。倉庚于飛是嫁娶
    之時。

18. 親：母親。縭（lí）：粵音同
    "離"，佩巾。古代風俗，女子出
    嫁時母親要親自給她把佩巾結
    在帶子上。

19. 九十：虛數，形容結婚時禮節
    隆重、複雜。儀：儀式，禮節。

經典名句

我徂東山，慆慆不歸。
我來自東，零雨其濛。

伐柯
[讚頌]

伐柯如何[1]？　　　要砍木頭做斧柄，
匪斧不克[2]。　　　沒有斧頭砍不成。
取妻如何？　　　　要娶妻子怎麼辦？
匪媒不得。　　　　沒有媒人辦不成。

伐柯伐柯，　　　　要砍木頭做斧柄，
其則不遠[3]。　　　標準不遠在手上。
我覯之子[4]，　　　我遇見的那個人，
籩豆有踐[5]。　　　行禮有節是榜樣。

經典名句

伐柯如何？匪斧不克。
取妻如何？匪媒不得。

註釋

1. 柯：斧柄。
2. 匪：通"非"。克：能夠。
3. 則：標準。
4. 覯（gòu）：粵音同"夠"，遇見。
5. 籩（biān）、豆：籩，粵音同"邊"。籩和豆都是上古盛食器，器形相仿，統稱為豆。木豆叫做豆，竹豆叫做籩，瓦豆叫做登。豆初為盛黍稷之器，後逐漸變為祭祀或宴享時盛肉醬、肉羹等食物的食器。有踐：踐踐，排列有序的樣子。

【賞析】　本篇讚美一位恪守禮儀的人。「籩豆有踐」，是説他行禮時秩序井然，是值得效法的榜樣。詩篇以砍伐斧柄來起興，而斧柄的標準樣子就在手中握着，比喻榜樣就在身邊。古代的斧柄是有標準的，《周禮・車人》詳細記載了斧柯的大小尺度：「柯長三尺，博三寸，厚一寸有半。」伐柯需要標準，而人也要恪守禮儀。篇中提到了娶妻必須媒人説合，故後代以「作伐」為説媒的代稱。

小雅

鹿鳴之什

鹿鳴

[讚頌]

呦呦鹿鳴[1]，食野之苹[2]。

我有嘉賓，鼓瑟吹笙。

吹笙鼓簧，承筐是將[3]。

人之好我，示我周行[4]。

呦呦鹿鳴，食野之蒿[5]。

我有嘉賓，德音孔昭。

視民不恌[6]，君子是則是效。

我有旨酒[7]，嘉賓式燕以敖[8]。

呦呦鹿鳴，食野之芩[9]。

我有嘉賓，鼓瑟鼓琴。

鼓瑟鼓琴，和樂且湛[10]。

我有旨酒，以燕樂嘉賓之心[11]。

【賞析】這是一篇寫周王宴飲羣臣賓客的詩。全詩分三章：首章以山野間呦呦鳴叫的鹿羣起興，寫宴飲的和樂情景。鹿在得好草之時毫無私己之心，呼朋引伴而食，喻君王有酒食而樂於與羣臣嘉賓共享，誠發乎心中。而君王所望於羣臣嘉賓的，唯在於示己以大道，不以私惠為德。二、三章寫嘉賓美好品德及周王藉宴飲歡娛賓客之心，君臣在相互誠敬、和樂融洽的氣氛中暢飲逍遙。曹操在他蒼涼雄健的詩作《短歌行》中直引前四句入詩，表達其要求招納賢才幫助建功立業的志向。

124

呦呦鹿羣相和鳴，結伴山野食青苹。

我有滿座好賓客，席間鼓瑟又吹笙。

吹笙鼓簧音和暢，幣帛盈筐快獻上。

諸位嘉賓惠愛我，教我治國效先王。

呦呦鹿羣相呼鳴，結伴山野食青蒿。

我有滿座好賓客，品德高尚美名昭。

為人榜樣不輕佻，正人君子皆仿效。

我有瓊漿玉液酒，嘉賓歡飲又逍遙。

呦呦鹿羣相呼鳴，結伴山野食青芩。

我有滿座好賓客，席間鼓瑟又彈琴。

鼓瑟彈琴奏和音，賓客洽和久歡欣。

我有瓊漿玉液酒，飲宴歡娛貴賓心。

經典名句

呦呦鹿鳴，食野之苹。
我有嘉賓，鼓瑟吹笙。

註 釋

1. 呦呦（yōu）：粵音同"休"，鹿鳴之聲，言鹿得好草而相呼，以興君王宴樂羣臣賓客。

2. 苹：藾蕭，又稱掃帚草，可食用。

3. 承：捧。將：獻。

4. 示：告。周行（háng）：大道，引申為治國大道理。

5. 蒿（hāo）：粵音同"敲"，青蒿，菊科植物。

6. 視：同"示"。佻（tiāo）通"佻"，輕浮。

7. 旨酒：美酒。

8. 敖：粵音同"熬"，舒暢快樂。

9. 芩（qín）：粵音同"琴"，草名，莖如釵股，葉如竹，蔓生。

10. 湛（dān）： 同"耽"，長久沉浸在快樂之中。

11. 燕：安，這裏指安樂嘉賓之心。

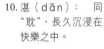

常棣

[讚頌]

常棣之華[1]，鄂不韡韡[2]。
凡今之人，莫如兄弟。

死喪之威，兄弟孔懷。
原隰裒矣[3]，兄弟求矣[4]。

脊令在原[5]，兄弟急難。
每有良朋，況也永歎[6]。

兄弟鬩於牆[7]，外禦其務。
每有良朋，烝也無戎[8]。

喪亂既平，既安且寧。
雖有兄弟，不如友生。

儐爾籩豆[9]，飲酒之飫[10]。
兄弟既具[11]，和樂且孺。

妻子好合，如鼓瑟琴。
兄弟既翕[12]，和樂且湛[13]。

宜爾室家，樂爾妻帑[14]。
是究是圖，亶其然乎[15]。

【賞析】 這是一篇宴兄弟、勸友愛的詩，全詩情深意濃、理明辭切，不是經歷過世態炎涼不能說得如此貼切。本篇首章以花朵花萼鮮明茂盛起興，說明兄弟應相互友愛扶持，二、三、四章是講當到危難時刻，生離死別之時只有兄弟才能牽腸掛肚、相尋相助，面對外來的侵害，兄弟們會放下平時認為不可調和的矛盾，團結禦敵。五章則講生活安定之後，反覺兄弟不如朋友那樣容易相處，最後三章勸人們珍視兄弟手足之情，也要妥善安排家庭，使妻兒和樂、家庭美滿。本篇將死喪禍亂與安定生活對比，兄弟之情與朋友之誼對比，說明了血濃於水的道理及家庭美滿的重要性。

126

棠棣花兒齊開放，花朵花萼俱鮮亮。
看看世上所有人，最數兄弟情誼長。

死喪之事真可怕，唯有兄弟相牽掛。
高原窪地起丘墳，唯有兄弟來尋它。

水鳥脊令落高原，兄弟急忙解危難。
雖有朋友亦良善，只會在旁空長歎。

兄弟在家也鬥爭，面對外侮共抗衡。
平素雖有諸良朋，事到臨頭卻無用。

死喪禍亂已平定，生活平安心寧靜。
此時雖有兄弟親，反覺不如朋友情。

珍饈嘉餚擺滿桌，開懷暢飲真快樂。
兄弟已經都來齊，相親相愛真洽和。

與妻情投又意和，和諧如同鼓琴瑟。
兄弟已經都來齊，相親相愛真和樂。

妥善安排你家庭，妻子兒女喜盈盈。
深思熟慮探此理，確是家和萬事興。

經典名句

妻子好合，如鼓瑟琴。
兄弟既翕，和樂且湛。

註 釋

1. 常棣（dì）：即棠棣，也叫鬱李。
   華：花。

2. 鄂：同"萼"，即花萼。不（fū）：
   同"柎"，即花蒂。韡韡（wěi）：
   粵音同"偉"，顏色鮮明的樣子。

3. 隰（xí）：低濕的地方。裒
   （póu）：粵音同"杯"，聚土為
   墳丘。

4. 求：尋求。以上兩句是言死別
   之時，兄弟之親會淚灑墓門，痛
   哭一場含悲永別。

5. 脊令：一種水鳥，本當生活在
   水中，而今卻在高原，以此喻處
   於急難之中。

6. 況：即"恍"，失意的樣子。永
   歎：長歎。

7. 鬩（xì）：粵音同"益"，爭吵，
   爭鬥。

8. 烝（zhēng）：粵音同"精"，多，
   眾。戎：幫助。

9. 儐（bìn）：陳列，設置。籩
   （biān）、豆：古代祭祀時盛食
   物的器具，二者器形相仿，似今
   高腳盤，竹者為籩，木者為豆。

10. 飫（yù）：粵音同"遇"，指吃飽
    喝足。

11. 具：通"俱"，聚集在一起。

12. 翕（xī）：合，和睦。

13. 湛（dān）：長久沉浸在快樂之
    中。

14. 帑（nú）：通"孥"，兒子。

15. 亶（dǎn）：粵音同"蛋"，確實。
    然：這樣，如此。

伐木

[農事]

伐木丁丁[1]，鳥鳴嚶嚶。

出自幽谷，遷于喬木。

嚶其鳴矣，求其友聲。

相彼鳥矣，猶求友聲。

矧伊人矣[2]，不求友生[3]？

神之聽之[4]，終和且平。

伐木許許[5]，釃酒有藇[6]。

既有肥羜[7]，以速諸父[8]。

寧適不來，微我弗顧。

於粲洒埽[9]，陳饋八簋[10]。

既有肥牡，以速諸舅[11]。

寧適不來，微我有咎。

伐木于阪，釃酒有衍[12]。

籩豆有踐[13]，兄弟無遠。

民之失德，乾餱以愆[14]。

有酒湑我[15]，無酒酤我[16]。

坎坎鼓我，蹲蹲舞我[17]。

迨我暇矣，飲此湑矣[18]。

【賞析】　這是一篇寫宴享親友故舊的詩，首章以鳥兒飛出深谷遷於高處仍嚶嚶鳴叫求其友起興，喻地位高了之後仍不忘舊人，鳥兒尚且成羣結隊、呼朋引伴，何況是人呢？此意即《毛詩序》所言：「《伐木》，燕朋友故舊也」，自天子至於庶人，未有不須友以成者。親親以睦，友賢不棄，不遺故舊，則民德歸厚矣。」如何體現其念舊之情呢？二、三章寫詩人以肥嫩的羔羊及醇香的美酒宴請諸位長輩，庭院之潔淨、酒菜之豐盛都表達了詩人的誠意及對親友的尊敬。在酒席上，又有鼓樂、舞蹈助興，賓主在歡樂的氣氛中開懷暢飲，其樂融融。

128

山中伐木響錚錚，鳥兒驚飛鳴嚶嚶。

鳥兒飛翔出空谷，遷到高高大樹頂。

鳥兒飛翔不住鳴，希望同類和其聲。

看那鳥兒聲聲鳴，尚知求伴喚友朋。

何況人為萬物靈，難道不如鳥有情？

謹慎遵循情與理，心境和樂又安寧。

呼呼山中伐木忙，濾出美酒醇又香。

備好肥嫩小羔羊，請我叔伯來品嚐。

寧可湊巧不能來，卻非我把他相忘。

屋裏屋外掃清爽，珍饈佳餚擺桌上。

備好鮮嫩肥羔羊，請我長輩來品嚐。

寧可湊巧不能來，非我有錯不敬長。

錚錚砍樹山坡上，濾過美酒多又香。

盤盤碗碗全擺齊，兄弟疏遠不應當。

人們常常失德音，飯菜小事不相讓。

家裏有酒我來濾，無酒去買杯滿上。

敲起大鼓咚咚響，翩翩起舞手足揚。

趁我此刻有空閒，飲此美酒真清香。

經典名句

伐木丁丁，鳥鳴嚶嚶。
出自幽谷，遷于喬木。

註 釋

1. 丁丁（zhēng）：伐木聲。

2. 矧（shěn）：粵音同“診”，何況。伊：語助詞。

3. 友生：朋友。

4. 神（shèn）：讀為“慎”，謹慎。聽：聽從，遵循。神之聽之，指謹慎地遵循情理。

5. 許許（hǔ）：伐木聲。

6. 釃（shī）酒：用筐或草濾酒以去其糟。藇（xù）：粵音同“序”，指酒味美。

7. 羜（zhù）：粵音同“駐”，五個月大的羊為羜。

8. 速：邀請。諸父：同族中之長輩。

9. 於（wū）：語助詞。粲：乾淨明亮的樣子。埽（sǎo）：同掃。

10. 陳：陳列，擺放。饋（kuì）：食物。簋（guǐ）：古代盛食物的圓口器具。八簋，言食物豐盛。

11. 舅：對異姓長輩的尊稱。

12. 衍：本義為水溢出來，這裏形容酒多。

13. 籩、豆：古代祭祀時盛食物的器具，二者器形相仿，似今高腳盤，竹者為籩，木者為豆。踐：排列整齊。

14. 餱（hóu）：乾糧。愆（qiān）：過錯，此句言因為飲食小事而失和。

15. 湑（xǔ）：粵音同“水”，濾。

16. 酤（gū）：同“沽”，買酒。

17. 蹲蹲（cún）：粵音同“全”，舞蹈的樣子。

18. 湑：此處指甘美清冽的酒。

天保

[讚頌]

天保定爾，亦孔之固。
俾爾單厚[1]，何福不除[2]？
俾爾多益，以莫不庶。

天保定爾，俾爾戩穀[3]。
罄無不宜[4]，受天百祿。
降爾遐福，維日不足。

天保定爾，以莫不興。
如山如阜[5]，如岡如陵，
如川之方至，以莫不增。

吉蠲為饎[6]，是用孝享[7]。
禴祠烝嘗[8]，于公先王。
君曰卜爾[9]，萬壽無疆。

神之弔矣[10]，詒爾多福。
民之質矣[11]，日用飲食。
群黎百姓[12]，遍為爾德。

如月之恆[13]，如日之升。
如南山之壽，不騫不崩[14]。
如松柏之茂，無不爾或承[15]。

【賞析】這是一篇臣子歌頌君王的詩歌，詩中歌頌了有德之君恩澤萬民，反映了當時「敬天保民」的思想，也表達了對國家安定繁榮、人民生活安康的美好祝願。本篇在藝術上多用「賦」、「比」、「興」中之「比」的手法，用一連串貼切恰當的比喻來形容君王的福祿像山川丘陵的高大厚重、江河大海的奔湧壯闊、南山松柏的長久青葱，比喻恰當而又意境優美，有很多已經成為傳世之語，像「福如東海長流水，壽比南山不老松」即由此脫化而來。

上天保佑我君王，政權強大又鞏固。
使您寬厚待民眾，怎會不賜您福祿？
多多賜予福無數，物產豐饒國富庶。

上天保佑我君王，使您享福又受祿。
諸事無不順心意，上天賜予祿無數。
還又降下長遠福，日日享受猶不足。

上天保佑我君王，諸事沒有不興旺。
好似山岡厚又重，又如丘陵高又廣。
好比騰騰江河湧，福祿日增更隆昌。

酒食清潔遠飄香，用來祭祀給祖上。
春夏秋冬都祭祀，祭我先公與先王。
先公先王賜良言，恩賜您萬壽無疆。

祖先神靈已降臨，賜您福祿與鴻運。
人民質樸又真淳，生活之本食與飲。
無論民眾與百官，普遍受您施大恩。

好似月兒日益盈，又如旭日正高升。
猶如南山之高壽，永不虧損不塌崩。
猶如松柏常青蔥，子子孫孫永繼承。

經典名句

如南山之壽，不騫不崩。
如松柏之茂，無不爾或承。

註釋

1. 俾（bǐ）：使。單：粵音同"丹"，薄。

2. 除（zhù）：給予。

3. 戩（jiǎn）：福。穀（gǔ）：祿。

4. 罄：盡，全部。宜：好，合適。

5. 阜（fù）：土山。

6. 吉蠲（juān）：粵音同"捐"，二字同義，都是清潔的意思。饎（chì）：粵音同"次"，酒食。

7. 是用：用是，"是"指酒食。孝享：祭祀祖先。享，是祭獻，因為祭祀祖先，所以說享。

8. 禴（yuè）：粵音同"若"，夏祭。祠：春祭。烝（zhēng）：粵音同"精"，冬祭。嘗：秋祭。

9. 君：先君，先王，古代祭祀，用活人扮神像，叫做"屍"，當主祭者向祖先祭祀時，屍可代表神講話。"君曰"即屍傳達祖先神靈的話。卜：給予，賜予。

10. 弔（dì）：至，到。

11. 質：根本。

12. 羣黎：民眾。百姓：百官。

13. 恆（gēng）：本作"緪"。月之上弦，指日日進益。

14. 騫（qiān）：粵音同"牽"，虧損。崩：毀壞。

15. 爾：你。承：繼承。此句倒裝，意為"子孫沒有不繼承你的。"或：語助詞。

采薇

[戰爭]

采薇采薇[1]，薇亦作止。
曰歸曰歸，歲亦莫止[2]。
靡室靡家，玁狁之故[3]。
不遑啟居[4]，玁狁之故。

采薇采薇，薇亦柔止。
曰歸曰歸，心亦憂止。
憂心烈烈，載飢載渴。
我戍未定[5]，靡使歸聘。

采薇采薇，薇亦剛止。
曰歸曰歸，歲亦陽止。
王事靡盬[6]，不遑啟處。
憂心孔疚，我行不來[7]！

彼爾維何[8]？維常之華。
彼路斯何[9]？君子之車。
戎車既駕，四牡業業[10]。
豈敢定居？一月三捷[11]。

駕彼四牡，四牡騤騤[12]。
君子所依，小人所腓[13]。
四牡翼翼，象弭魚服[14]。
豈不日戒，玁狁孔棘[15]。

昔我往矣，楊柳依依。
今我來思，雨雪霏霏[16]。
行道遲遲[17]，載渴載飢。
我心傷悲，莫知我哀！

【賞析】 本篇是為抵禦玁狁而出征的將士所作的詩歌。詩中生動真實地描寫了將士們遠征戍邊長久不歸的艱苦生活，以及對家鄉親人的牽掛和思念。詩中恰當地處理了出征將士個人的憂傷痛苦與忠於「王事」的矛盾。「豈不日戒，玁狁孔棘」表現了作者雖征戰勞苦卻不忘家國的高尚品質。詩篇末章抒寫戰士歸家途中雨雪飢渴的苦楚和痛定思痛的傷悲，「昔我往矣，楊柳依依。今我來思，雨雪霏霏」極為生動傳神，富於形象和感染力，是千古傳誦的名句。

採摘薇菜做羹飯，薇菜初生真新鮮。
說歸去啊說歸去，眼看一年已過完。
有家卻是不能歸，只因玁狁來侵犯。
沒有閒暇居不安，只因玁狁來侵犯。

採摘薇菜做羹飯，薇菜已是柔又嫩。
說歸去啊說歸去，歸期茫茫心苦悶。
心內焦灼如火焚，又飢又渴真難忍。
邊關戰爭永無盡，沒有使者傳我訊。

採摘薇菜做羹飯，薇菜漸長莖稈堅。
說歸去啊說歸去，時光流轉天轉暖。
邊關戰爭未結束，起居哪敢求居安。
憂愁苦悶鬱心中，有家難歸因爭戰。

甚麼花兒正怒放？棠棣花開真鮮亮。
甚麼車兒高又大？將帥領兵乘車上。
兵車已經準備好，四匹公馬真強壯。
戰爭怎敢圖安居？一月多次打勝仗。

四匹公馬已套上，高大有力氣昂昂。
將帥安乘戰車上，兵士緊隨戰車旁。
四匹公馬多整齊，象牙弓梢魚皮囊。
哪敢一天不警戒？玁狁侵犯軍情忙。

當初離家赴戰場，楊柳依依隨風揚。
如今歸來路途中，霰雪紛飛空中揚。
道路迂曲又漫長，飢渴難忍心悵悵。
觸景生情斷人腸，有誰知道我心傷！

經典名句

昔我往矣，楊柳依依。
今我來思，雨雪霏霏。

註釋

1. 薇：一種野菜，今名野豌豆。
2. 莫：古"暮"字，歲暮指歲終、歲末。
3. 玁狁（xiǎn yǔn）：粵音同"險允"，我國古代北方部族之一，又稱北狄。
4. 遑：閒暇，空閒。啟：伸直腰股跪坐。居：住。
5. 戍：防守邊疆。定：停止、結束。
6. 盬（gǔ）：止息。
7. 行：出征。來：歸來。
8. 彼：那，那些。爾：通"薾"，花朵盛開的樣子。維：語助詞。
9. 路：通常又寫作"輅"，這裏指統帥乘坐的戰車。
10. 牡：雄獸，這裏指駕車的公馬。業業：高大強壯的樣子。
11. 三：不是一個實際數字，而是表明多次。捷：獲勝，打勝仗。
12. 騤騤（kuí）：粵音同"葵"，強壯的樣子。
13. 腓（féi）：屏蔽。古代戰爭中，少數甲士乘坐戰車作戰，多數戰士徒步作戰，他們以戰車為掩護。
14. 弭（mǐ）：弓兩端縛弦處。象弭，即用象牙裝飾的弓。服：箭袋。魚服，是用魚皮製成的箭袋。
15. 棘：同"亟"（jí），緊急。
16. 雨（yù）：此處為動詞，雨雪，即降雪之意。霏霏：雪花紛揚的樣子。
17. 行（háng）道：道路。遲遲：道路迂曲漫長的樣子。

南 有 嘉 魚 之 什

湛露

[祭祀]

湛湛露斯[1]，匪陽不晞。
厭厭夜飲[2]，不醉無歸。

湛湛露斯，在彼豐草。
厭厭夜飲，在宗載考[3]。

湛湛露斯，在彼杞棘。
顯允君子，莫不令德[4]。

其桐其椅[5]，其實離離[6]。
豈弟君子[7]，莫不令儀[8]。

早晨露濃清湛湛，
不見朝陽曬不乾。
長夜宴飲安又閒，
不醉莫要把家還。

早晨露濃清湛湛，
在那茂密野草上。
長夜宴飲安又閒，
宗廟落成舉祭享。

早晨露濃清湛湛，
在那枸杞酸棗叢。
君子顯赫又誠信，
言行美好聲譽隆。

桐樹椅樹長滿山，
果實纍纍長樹間。
君子和樂又平易，
言行美好儀翩翩。

經典名句

湛湛露斯，匪陽不晞。
厭厭夜飲，不醉無歸。

註釋

1. 湛湛（zhàn）：露水晶瑩盛多的樣子。
2. 厭厭：安閒快樂的樣子。
3. 宗：宗廟。載：則。考：宮廟初成，祭之，名為考。
4. 令德：指高貴的品質。
5. 桐：梧桐樹。椅：粵音同"衣"，山桐子樹。
6. 離離：繁茂眾多的樣子。
7. 豈弟（kǎi tì）：即"愷悌"，和易近人。
8. 令儀：指美好得體的行為舉止。

【賞析】貴族舉行宗廟落成之禮，宴請賓客，賓客作詩酬謝。本篇前二章以豐草間濃而清亮的露水起興，以其不待日出不乾，喻賓客長夜宴飲，不至酣醉不歸，一派祥和安樂的氣氛。三、四章分別以樹上濃露與纍纍果實起興，喻君子風度美好、聲名顯赫，雖為歡美，不失自然真摯。

彤弓

〔讚頌〕

彤弓弨兮[1]，受言藏之[2]。
我有嘉賓[3]，中心貺之[4]。
鐘鼓既設[5]，一朝饗之[6]。

彤弓弨兮，受言載之。
我有嘉賓，中心喜之。
鐘鼓既設，一朝右之[7]。

彤弓弨兮，受言櫜之[8]。
我有嘉賓，中心好之。
鐘鼓既設，一朝醻之[9]。

朱紅長弓弦放鬆，
諸侯受賜藏家中。
我有滿座好賓客，
心中喜悅賜恩寵。
鐘鼓樂器皆齊備，
終朝宴飲樂融融。

朱紅長弓弦放鬆，
諸侯受賜謹收藏。
我有滿座好賓客，
心中歡喜難言傳。
鐘鼓樂器皆齊備，
終朝宴飲酒勤勸。

朱紅長弓弦放鬆，
諸侯受賜裝弓袋。
我有滿座好賓客，
心中怎能不喜愛。
鐘鼓樂器皆齊備，
終朝宴飲樂開懷。

【賞析】這是周天子賞賜、宴請有功之臣的詩，其主旨即朱熹《詩集傳》所云：「此天子燕有功諸侯，而賜弓矢之樂歌也。」也就是說，描寫的是周天子賞賜諸侯、諸侯拜謝，君臣歡飲的和樂場面。本篇在藝術上採用迴環往復的手法，將句式相同、意思大致相近的幾章反覆吟唱，竭力渲染宴會上歡聲笑語、鐘鼓齊備的歡樂祥和的氣氛，極富樂感與感染力。

經典名句

我有嘉賓，中心好之。鐘鼓既設，一朝醻之。

註釋

1. 彤弓：朱紅色的弓。弨（chāo）：粵音同“超”，放鬆弓弦。
2. 受：接受，在此指受賜。言：語助詞。
3. 嘉賓：指諸侯。
4. 貺（kuàng）：粵音同“放”，賞賜。
5. 設：佈置。
6. 一朝：終朝。
7. 右：通“侑”，勸酒。
8. 櫜（gāo）：粵音同“高”，弓袋，此處是指把弓箭裝入弓袋。
9. 醻：粵音同“酬”，主人又一次勸酒。

菁菁者莪

[讚頌]

菁菁者莪[1]，在彼中阿[2]。
既見君子，樂且有儀[3]。

菁菁者莪，在彼中沚[4]。
既見君子，我心則喜。

菁菁者莪，在彼中陵[5]。
既見君子，錫我百朋[6]。

汎汎楊舟[7]，載沉載浮[8]。
既見君子，我心則休[9]。

青青莪蒿真茂盛，
叢叢生在丘陵中。
今日得見君子面，
稱心如意樂無窮。

青青莪蒿真茂密，
長在河心小洲裏。
今日得見君子面，
情不自禁心歡喜。

青青莪蒿一片片，
叢叢長在土丘間。
今日得見君子面，
受賜千金樂無限。

楊木小舟飄河面，
起伏蕩漾碧波間。
今日得見君子面，
永生難忘心中安。

經典名句

汎汎楊舟，載沉載浮。既見君子，我心則休。

註 釋

1. 菁菁（jīng）：草木茂盛的樣子。莪（é）：莪蒿，莖抱根而叢生，有細毛，又名抱娘蒿，嫩葉可食。
2. 阿（ē）：大丘陵。中阿，阿中。
3. 儀：宜，合人心願。
4. 沚（zhǐ）：水中小沙洲。
5. 陵：大土山。
6. 錫：通"賜"。朋：古代以貝殼為貨幣，五貝為一串，兩串為一朋，百朋極言其多。
7. 汎汎：舟在水中蕩漾漂流的樣子。楊舟：楊木做的小舟。
8. 載沉載浮：則沉則浮，指船身隨波起伏。
9. 休：安定。

【賞析】　這是一篇讚美貴族君子的頌歌。古代社會中的慣例，只有德才出眾和功績顯赫之人，才應獲賜。受到賞賜是十分榮耀的事，其意義不僅在於獲得財物，更是在德行方面受到認可。詩人觀見「君子」時獲賜「百朋」，說明他有良好的德行，詩人以「樂且有儀」、「我心則喜」、「我心則休」等句表達了內心的愉悅，字裏行間流露出對「君子」的依慕之情。篇幅雖短，卻富於意蘊。《毛詩序》說本篇主旨是「樂育材也」。故後世人以「菁莪」為育賢材的典故。

車攻

[讀頌]

我車既攻[1]，我馬既同。
四牡龐龐[2]，駕言徂東。

田車既好[3]，四牡孔阜[4]。
東有甫草[5]，駕言行狩。

之子于苗[6]，選徒囂囂[7]。
建旐設旄[8]，搏獸于敖[9]。

駕彼四牡，四牡奕奕。
赤芾金舄[10]，會同有繹[11]。

決拾既佽[12]，弓矢既調。
射夫既同，助我舉柴[13]。

四黃既駕，兩驂不猗[14]。
不失其馳，舍矢如破[15]。

蕭蕭馬鳴，悠悠旆旌。
徒御不驚[16]，大庖不盈。

之子于征，有聞無聲。
允矣君子[17]，展也大成。

【賞析】 這是一篇描述周宣王會同諸侯行獵之詩，用「賦」的手法，鋪敍敍獵過程，使讀者如同親歷其場面。一、二章寫敗車堅固，駿馬強健，眾人躍躍欲試。三章寫跟從眾多，旌旗飄展；四章寫諸侯來會，聲威大振；五、六章寫眾位獵手整裝上陣，箭無虛發，獲得很多野味；七章寫獵罷歸來，讚美了獵手的機警與獵物的豐盛；末章寫軍容整肅，說明宣王確是一位文德武治兼備的聖明君主。

138

出獵車輛整治畢，四匹良馬也選齊。
四匹公馬真有力，駕着車兒向東邑。

出獵車輛整治好，四匹公馬肥又壯。
東邊圃田草木旺，駕着車兒去獵場。

跟着君王去打獵，隨從眾多聲勢大。
空中軍旗隨風飄，去往敖地把獵打。

四匹公馬套車上，調教有素行路穩。
紅色蔽膝金黃鞋，諸侯來會聲威振。

扳指護臂已齊備，弓矢調理皆相配。
射手聚集齊出力，抬起獵物往回歸。

四匹黃馬真有力，兩驂不偏又不倚。
車兒馳驅皆有序，箭無虛發好技藝。

但聞蕭蕭馬鳴聲，旌旗悠悠風中揚。
步卒車夫皆機警，野味已是滿廚房。

君王狩獵從人眾，只聽車行無雜聲。
真是聖明好天子，治理天下大有成。

註釋

1. 攻：通"工"，此處言其堅固完好。
2. 龐龐：粵音同"旁"，高大強壯的樣子。
3. 田：通"畋"，打獵。田車，獵車。
4. 孔：很，甚。阜：肥壯。
5. 甫：通"圃"，即圃田，古澤藪（sǒu）名，在今河南省鄭州市東部。
6. 之子：指周宣王。于：往，去。苗：本義為夏季打獵，後為打獵之通名。
7. 選：具備。囂囂（áo）：眾多的樣子。選徒囂囂，具備的車馬卒徒們很多。
8. 建：樹起。旐（zhào）：粵音同"兆"，繪有龜蛇的旗。設：設置。旄（máo）：粵音同"毛"，用犛牛尾裝飾的旗。
9. 搏："薄"之假借字，迫近。獸：狩，打獵。敖：地名，今河南省鄭州市境內。
10. 赤芾（fú）：紅色蔽膝。舄（xì）：粵音同"色"，一種厚底鞋子。金舄，金黃色的鞋子，為諸侯的服飾。
11. 會同：諸侯會合，特指諸侯會集朝見天子。有繹：繹繹，井然有序的樣子。
12. 決：古代用象牙、骨等製成的扳指圈，套在右手大拇指上，用以鈎弓弦射箭。拾：皮革製成的護臂用具，套在左臂上，便於拉弓射箭。佽（cì）：粵音同"次"，便利。
13. 舉：抬起。柴：通"胔"（zì），打死的野獸。
14. 兩驂（cān）：駕車的四匹馬中兩邊的馬。猗（yǐ）：通"倚"，偏。
15. 舍矢：放箭。如：則，而。破：破的，即射中箭靶，這裏指禽獸被射中。
16. 徒：步卒。御：車夫。不：即"丕"，很，下一句的"不"義同。驚：通"警"，機警。
17. 允：誠信。

139

鴻雁之什

鴻雁

[感懷]

鴻雁于飛[1]，蕭蕭其羽。
之子于征，劬勞于野[2]。
爰及矜人[3]，哀此鰥寡[4]。

鴻雁于飛，集于中澤[5]。
之子于垣[6]，百堵皆作[7]。
雖則劬勞，其究安宅。

鴻雁于飛，哀鳴嗷嗷[8]。
維此哲人，謂我劬勞。
維彼愚人，謂我宣驕[9]。

鴻雁高空展翅翔，
拍打翅膀籁籁響。
徵調在外服苦役，
辛苦勞瘁野地忙。
苦難加給窮苦人，
鰥寡之人心更傷。

鴻雁高空展翅翔，
日暮羣棲草澤裏。
應徵服役築垣牆，
百堵垣牆皆高起。
雖然日日苦辛勞，
廣廈終究得落成。

鴻雁高空展翅翔，
聲聲哀鳴真淒涼。
這位明白知理人，
知我勞苦心憂傷。
可是那些糊塗人，
說我驕傲不自量。

【賞析】〔詩三百篇〕中有許多反映了當時普通人的生活與情感，即「飢者歌其食，勞者歌其事」。本篇即是這樣的作品。詩歌每章皆以嗷嗷哀鳴的鴻雁起興，寫服役者在野地勞作，辛苦勞瘁，尤其是鰥寡之人，更加可憐。「其究安宅」是役人自慰之詞。但居上位的「愚人」卻「謂我宣驕」，沖淡了詩人的內心慰藉。

經典名句

鴻雁于飛，哀鳴嗷嗷。維此哲人，謂我劬勞。

註釋

1. 鴻雁：大雁。于：語助詞。
2. 劬（qú）勞：辛苦勞累。
3. 爰：語助詞。及：到，加給。矜（jīn）人：受苦人。
4. 哀：憐憫。鰥（guān）：老而無妻的男人。寡：死了丈夫的婦女。
5. 中澤：澤中，即沼澤中。
6. 垣（yuán）：牆，這裏指築牆。
7. 百堵：許多面垣牆。作：起，指垣牆築好。
8. 嗷嗷：哀鳴聲，詩中以鴻雁哀鳴比喻人民之疾苦。
9. 宣：顯示。驕：驕傲。

庭燎

［讚頌］

夜如何其[1]？　　　　　現在夜色何時分？
夜未央[2]，　　　　　　長夜漫漫正沉沉，
庭燎之光[3]。　　　　　庭中火燭光耀耀。
君子至止，　　　　　　諸侯朝見快來到，
鸞聲將將[4]。　　　　　鑾鈴聲響車漸近。

夜如何其？　　　　　　現在夜色何時光？
夜未艾[5]，　　　　　　長夜漫漫天未亮，
庭燎晢晢[6]。　　　　　庭中火炬明晃晃。
君子至止，　　　　　　諸侯朝見快來到，
鸞聲噦噦[7]。　　　　　但聞叮咚鑾鈴響。

夜如何其？　　　　　　現在夜色何時光？
夜鄉晨[8]，　　　　　　長夜將盡天快亮，
庭燎有輝。　　　　　　庭中火炬尚有光。
君子至止，　　　　　　諸侯朝見已來到，
言觀其旂[9]。　　　　　旌旗飄飄隨風揚。

經典名句

夜如何其？夜未央，庭燎之光。

註釋

1. 如何：怎麼樣。其（jī）：語助詞。
2. 央：盡。
3. 庭燎：庭中用於照明的火炬。
4. 鸞：通"鑾"，車鈴。將將（qiāng）：即"鏘鏘"，車鈴聲。
5. 艾：絕，止。
6. 晢晢（zhé）：粵音同"浙"，明亮的樣子。
7. 噦噦（huì）：粵音同"月"，有節奏的鈴聲。
8. 鄉晨：即向晨，天快明的時候。
9. 言：語助詞。旂（qí）：粵音同"旗"，繪有兩條上下相交的龍的旗。

【賞析】這是一篇寫周宣王早起視朝的詩。全詩三章皆以「夜如何其」開頭，強調夜色的深沉，天色絕早，庭中火炬尚明，「將將」、「噦噦」的鑾鈴聲告訴人們早朝的諸侯和大臣們正紛紛趕來。「言觀其旂」寫朝臣的排場。可以想見靜待的天子與諸侯大臣們朝會的肅穆與莊嚴。

鶴鳴

鶴鳴于九皋[1]，聲聞于野。

魚潛在淵[2]，或在于渚[3]。

樂彼之園，爰有樹檀[4]，

其下維蘀[5]。

它山之石，可以為錯[6]。

鶴鳴于九皋，聲聞于天。

魚在于渚，或潛在淵。

樂彼之園，爰有樹檀，

其下維穀[7]。

它山之石，可以攻玉[8]。

白鶴長鳴水澤邊，
聲音迴盪四野間。
魚兒沉潛在深淵，
有時結伴淺水邊。
真是可喜林木園，
有那檀樹參青天，
殘枝落葉在下面。
它山之石可為錯，
琢磨美玉光可鑒。

白鶴長鳴水澤邊，
聲音迴盪天際間。
魚兒結伴淺水邊，
有時沉潛在深淵。
真是可喜林木園，
有那檀樹參青天，
又有楮樹在下面。
它山之石可治玉，
琢磨美玉光可鑒。

經典名句

鶴鳴于九皋，聲聞于野。它山之石，可以攻玉。

註釋

1. 皋（gāo）：沼澤。九：這裏是虛數，言其多。
2. 淵：深水，深水潭。
3. 渚（zhǔ）：河中淺水處。
4. 樹檀：檀樹。
5. 蘀（tuò）：粵音同"托"，枯落的枝葉。
6. 錯："厝"之假借字，雕刻玉的工具。
7. 穀：楮樹。
8. 攻：加工，雕刻。

【賞析】這是一篇希望統治者求賢之詩。本篇用了一系列高貴的事物來比喻賢人的難得，希望當權者能夠注意到隱居山野的隱逸賢士。"它山之石，可以攻玉"，廣為後世引用，不但在於說明招求賢人的必要性與重要性，還有更廣泛的引申意義。

143

斯干

[讚頌]

秩秩斯干[1]，幽幽南山。
如竹苞矣，如松茂矣。
兄及弟矣，式相好矣[2]，
無相猶矣。

似續妣祖[3]，築室百堵[4]，
西南其戶。爰居爰處，
爰笑爰語。

約之閣閣[5]，椓之橐橐[6]。
風雨攸除，鳥鼠攸去，
君子攸芋[7]。

如跂斯翼[8]，如矢斯棘[9]，
如鳥斯革，如翬斯飛[10]，
君子攸躋。

殖殖其庭[11]，有覺其楹[12]。
噲噲其正[13]，噦噦其冥[14]。
君子攸寧。

【賞析】　這是一篇祝頌周王宮室落成的詩。全詩九章可分為兩大部分，前五章着重描寫宮室之美，後四章祝禱主人有吉夢生下貴男賢女，本篇較多反映了西周時人們的觀念，包括男尊女卑的思想。首章寫宮室的自然環境，依山傍水，茂林修竹，極其清雅秀美；二、三章寫宮室的建設及其落成，文筆簡練生動；四、五章寫宮室之整齊、美觀，君子的安寧與喜悦；後四章寫宮室主人有吉夢，敍述太卜占夢之言：祝願君王子貴女賢，昌隆吉祥。最後兩章還描寫了生男生女後的不同情形，反映了當時人們以男子為尊貴的觀念，對女子的要求就是安分守己，操持酒飯，不給父母添麻煩。

144

流水清清在山澗，林木幽深終南山。

竹林叢生一片片，青松茂密滿山巒。

兄弟本是同根生，友愛和睦心相連，

凡事不應相欺瞞。

繼承祖業增榮光，築起宮室一幢幢。

門開西南明又亮。在此安息與居住，

歡聲笑語喜洋洋。

捆板咯咯泥牆築，眾人通通齊夯土。

宮室築成避風雨，鳥鼠之患也除去。

君子在此能安居。

端正高聳如跂立，四角分明如箭矢。

排列整齊如鳥翼，簷飛好比雉展翅，

君子登堂心歡喜。

庭院寬闊又平整，楹柱高大又直挺。

白天豁朗又明亮，夜晚昏暗又寧靜，

君子居住心安寧。

註釋

1. 秩秩（zhì）：形容水流而清澈的樣子。斯：此，這。干：通"澗"，山間流水。

2. 式：發語詞。相好（hào）：相互友好和睦。

3. 似："嗣"之假借字，繼承。妣（bǐ）：亡母，此處指先妣姜嫄。

4. 堵：一面牆為一堵。百堵：言宮室之多。

5. 約：捆紮，捆束。閣閣：象聲詞。約之閣閣，指緊緊捆紮築牆用的木框架，捆時閣閣作響。

6. 椓（zhuó）：粵音同"啄"，敲打，即今之打夯。橐橐（tuó）：搗土聲。

7. 芋：通"宇"，居住。

8. 跂（qǐ）：踮起腳跟，這裏指聳立狀。斯：語助詞。翼：端正的樣子。

9. 矢：箭頭。棘：稜角。

10. 翬（huī）：野雞。以上四句是說，屋宇高高聳立，端正莊嚴，如人跂立，宮殿四隅整齊如箭頭之稜角分明，房屋眾多排列整齊，像鳥的翅膀，而屋簷飛揚又文采輝煌，像錦雞展翅飛翔。

11. 殖殖：平正的樣子。

12. 有覺：覺覺，高大挺直的樣子。楹（yíng）：廳堂前部的柱子。

13. 噲噲（kuài）：粵音同"快"，寬敞明亮的樣子。正：白天。

14. 噦噦（huì）：粵音同"月"，深暗的樣子。冥：夜晚。

下莞上簟[15]，乃安斯寢。
乃寢乃興，乃占我夢。
吉夢維何？
維熊維羆[16]，維虺維蛇[17]。

大人占之[18]：
維熊維羆[19]，男子之祥；
維虺維蛇，女子之祥。

乃生男子，載寢之牀。
載衣之裳，載弄之璋[20]。
其泣喤喤，朱芾斯皇[21]，
室家君王[22]。

乃生女子，載寢之地。
載衣之裼[23]，載弄之瓦[24]。
無非無儀[25]，唯酒食是議[26]，
無父母詒罹[27]。

146

草蓆竹簟一層層，高枕無憂睡夢寧。

早點安睡早點醒，起來占卜昨夜夢。

夢中吉物都為何？

是黑熊來是馬熊，又有蝮蛇和爬蟲。

請來太卜把夢占：

熊羆威猛又剛強，夢見定生男兒郎。

虺蛇陰柔是本性，那是象徵生姑娘。

若是生個男兒郎，讓他睡覺在牀上。

給他穿上好衣裳，讓他玩玩白玉璋。

他的哭聲多響亮，配上盛服定輝煌，

成為周室好君王。

若是生個小姑娘，讓她睡覺在地板。

一條小被包身上，紡線瓦錘給她玩。

教她柔順勿多言，專心操持酒與飯，

莫給父母添愁煩。

15. 莞 (guān)：粵音同"官"，草編的蓆子。簟 (diàn)：竹製的蓆子。

16. 羆 (pí)：粵音同"悲"，熊類，比熊大。

17. 虺 (huǐ)：毒蛇。

18. 大人：掌管占卜的官，太卜。

19. "維熊維羆"四句：夢見熊羆是生男孩的吉兆，夢見虺蛇是生女孩的吉兆。

20. 弄：玩。璋 (zhāng)：長條板狀玉器。

21. 朱芾 (fú)：紅色的蔽膝，天子諸侯的服飾。斯皇：即皇皇，輝煌。

22. 室家：家族。君王：周王室所生男孩必是天子或諸侯。

23. 裼 (tì)：褓衣，嬰兒用的小被。

24. 瓦：陶製的紡線錘。

25. 非：違，指違背長輩、丈夫的命令。儀：通"議"，指議論是非。

26. 議：商量，考慮，指女子只負責操持酒食等家務事。

27. 詒：通"貽"，給。罹 (lí)：憂愁，苦難，指女子不要犯過失而使父母憂愁。

經典名句

乃生男子，載寢之牀。

載衣之裳，載弄之璋。

147

白駒

[感懷]

皎皎白駒[1]，食我場苗。
縶之維之[2]，以永今朝。
所謂伊人，於焉逍遙。

皎皎白駒，食我場藿[3]。
縶之維之，以永今夕。
所謂伊人，於焉嘉客。

皎皎白駒，賁然來思[4]。
爾公爾侯，逸豫無期。
慎爾優遊[5]，勉爾遁思[6]。

皎皎白駒，在彼空谷。
生芻一束[7]，其人如玉。
毋金玉爾音[8]，而有遐心[9]。

潔白光亮小馬駒，
食我園中青草苗。
將牠絆住將牠繫，
歡聚勿逝如今朝。
日思夜想心上人，
且在此處盡逍遙？

潔白光亮小馬駒，
食我園中青豆苗。
將牠絆住將牠繫，
歡聚勿逝如今夕。
日思夜想心上人，
且在此處作嘉賓。

潔白光亮小馬駒，
疾馳如風匆匆來。
您是公侯身價貴，
安然娛樂勿急還。
安心消閒勿他念，
不要遠離讓我盼。

潔白光亮小馬駒，
在那深谷獨自行。
青草一束將牠餵，
那人如玉繫心間。
莫要吝惜你音信，
且勿疏遠負我情。

【賞析】這是一篇挽留客人的詩。詩篇寫主人繫住「嘉客」的馬匹，希望以此留住客人。篇中以「以永今朝」、「以永今夕」、「逸豫無期」等句表達了詩人希望愉快的時光能長久延續下去的願望，說明了賓主之間的融洽與和睦。詩篇末章以「其人如玉」對客人進行讚美，是因為古人認為「玉以比德」。

經典名句

皎皎白駒，在彼空谷。生芻一束，其人如玉。

註釋

1. 皎皎：潔白。駒：古代稱五尺以上的馬為駒。
2. 縶（zhí）：粵音同"執"，拴，捆，此處指絆馬足。維：繫，指將馬繫住，表面寫留馬，實際寫留人。
3. 藿（huò）：豆苗、豆葉。
4. 賁（bēn）：通"奔"。思：語助詞。
5. 慎：慎重。優遊：逍遙自在。
6. 勉：通"免"，勸止。遁：遠去，離。
7. 生芻（chú）：青草。
8. 金玉：在此為珍惜之意。
9. 遐（xiá）：遠，疏遠。

節南山之什

小宛

[感懷]

宛彼鳴鳩¹，翰飛戾天²。
我心憂傷，念昔先人。
明發不寐³，有懷二人。

人之齊聖，飲酒溫克⁴。
彼昏不知，壹醉日富⁵。
各敬爾儀，天命不又。

中原有菽⁶，庶民采之。
螟蛉有子⁷，蜾蠃負之⁸。
教誨爾子⁹，式穀似之。

題彼脊令¹⁰，載飛載鳴。
我日斯邁，而月斯征¹¹。
夙興夜寐，毋忝爾所生¹²！

交交桑扈¹³，率場啄粟。
哀我填寡¹⁴，宜岸宜獄¹⁵。
握粟出卜¹⁶，自何能穀？

溫溫恭人，如集于木。
惴惴小心¹⁷，如臨于谷。
戰戰兢兢，如履薄冰。

【賞析】這是一篇勸誡詩。作者當是周王朝的一個小官吏，他生活極其艱難，為生活而奔波，還在政治上受到迫害，於是作此詩以自傷，並勸戒族人要記住祖上恩德，平時自我節制，親戚間相互扶助，遇事時小心謹慎，以求免於災禍。從寫法上看，一、三、四、五章前兩句都是起興，有的兼有比意；末章六句用了三個比喻，來喻示處境的危險。本篇言辭懇切、精練，詩歌中像「惴惴小心，如臨于谷」、「戰戰兢兢，如履薄冰」，「螟蛉有子，蜾蠃負之」等句子後來或化為成語，或成為專稱而被人們廣泛傳用。

150

小小的斑鳩，高飛到天空。
我心很憂傷，懷念父母親。
徹夜不能眠，來把父母念。

有人正直又聰明，飲酒溫和又恭敬。
也有昏庸無知者，醉酒整日顯驕橫。
各自儀容要慎重，一去不返是天命。

田野長着野豆苗，人們前去採摘它。
螟蛉生子長成蟲，細腰土蜂背走牠。
教育你的親生子，使他為善繼承你。

看看那些小鶺鴒，一邊飛來一邊鳴。
我天天在外奔波，你每月都要出行。
早起晚睡要勤奮，不要辱沒父母親。

喳喳鳴叫青雀鳥，沿着穀場啄穀子。
哀我窮苦無依靠，還有訴訟牢獄災。
抓把粟米去占卜，何處能得吉利卦。

為人溫和又恭謹，好像棲息在樹上。
憂愁不安又小心，好像走到深谷邊。
小心翼翼又害怕，好像踩在薄冰上。

小雅·節南山之什

經典名句

惴惴小心，如臨于谷。
戰戰兢兢，如履薄冰。

註 釋

1. 宛：小的樣子。鳴鳩：斑鳩。

2. 翰飛：高飛。戾（lì）：粵音同"類"，達到。

3. 明發：天亮。發，明。

4. 溫克：飲酒時能克制自己保持溫和恭敬的態度。

5. 壹：語助詞。富：通"畐"（bī），滿。

6. 中原：即原中。菽：大豆。

7. 螟蛉：粵音同"明玲"，螟蛾的幼蟲。

8. 蜾蠃（guǒluǒ）：粵音同"果裸"，細腰的土蜂，常捕螟蛉餵牠的幼蟲，古人誤以為蜾蠃養螟蛉為子。

9. 爾：詩人稱他的兄弟。

10. 題（dì）：通"睇"，視。脊令：鳥名，即鶺鴒。

11. 而：同"爾"，你。征：遠行。

12. 忝（tiǎn）：辱沒。爾所生：生養你的人，指父母。

13. 交交：通"咬咬"（jiāo），鳥鳴聲。桑扈（hù）：鳥名，又名青雀，嘴曲而食肉。

14. 填（tiǎn）：通"殄"，窮困。寡：貧窮。

15. 宜：是"且"的誤字。岸：通"犴"（àn），監獄，牢房。岸、獄：這裏都有訴訟的意思，指受訴訟的勞累。

16. 握粟：抓一把小米（給卜人作酬勞），這裏指帶點小米。

17. 惴惴（zhuì）：憂懼不安的樣子。

151

谷風之什

谷風

[婚戀]

習習谷風[1]，維風及雨[2]。

將恐將懼，維予與女。

將安將樂，女轉棄予[3]！

習習谷風，維風及頹[4]。

將恐將懼，寘予于懷[5]。

將安將樂，棄予如遺[6]！

習習谷風，維山崔嵬[7]。

無草不死，無木不萎。

忘我大德，思我小怨。

大風呼呼吹，
風吹雨又打。
又恐又懼時，
只有我和你。
待到安樂時，
你卻拋棄我。

大風呼呼吹，
旋風陣陣颳。
又恐又懼時，
攬我懷抱裹。
待到安樂時，
把我拋腦後。

大風呼呼吹，
吹過高山頂。
草兒全枯死，
樹木都枯萎。
忘我大恩德，
念我小怨念。

經典名句

習習谷風，維風及雨。
將恐將懼，維予與女。

註釋

1. 習習：大風聲。谷風：山谷中的風。
2. 維：語助詞，幫助判斷。
3. 轉：反而，反轉。棄：遺棄。
4. 頹：旋風。
5. 寘：同"置"，安放。
6. 遺：遺忘的東西。
7. 崔嵬：山高峻的樣子。

【賞析】 這是一篇棄婦詩。全詩三章內容基本相同，反覆埋怨離她而去的男人能共患難而不能共安樂，最終拋棄了自己。語極淒惻，和《邶風・谷風》詩旨相似。詩歌採用對比手法，語言淺近，風格很像《國風》。

153

北山

[諷諫]

陟彼北山[1]，言采其杞。
偕偕士子[2]，朝夕從事。
王事靡盬[3]，憂我父母。

溥天之下[4]，莫非王土。
率土之濱，莫非王臣。
大夫不均，我從事獨賢[5]。

四牡彭彭[6]，王事傍傍[7]。
嘉我未老，鮮我方將。
旅力方剛[8]，經營四方。

或燕燕居息，或盡瘁事國。
或息偃在牀，或不已于行。

或不知叫號，或慘慘劬勞[9]。
或棲遲偃仰[10]，或王事鞅掌[11]。

或湛樂飲酒[12]，或慘慘畏咎。
或出入風議[13]，或靡事不為。

【賞析】　這是一位士子怨恨大夫分配徭役不均而作的詩。士處於統治階級的最下層，需要承擔繁重的勞役，往往受到不公正的待遇，本篇就反映了這一現象。全詩六章。前三章描寫士子因王事而辛勞。後三章寫人間勞逸不均、苦樂不平，十二句一連疊用了十二個「或」字，作了六次對比，來譏諷和責難勞逸不均的社會現實。寫到這裏，戛然而止，可謂言已盡而意無窮。

登上那北山，採摘那枸杞。

健壯的士子，早晚忙差事。

王事無休止，我心憂父母。

普天下的土地，都屬周王所有。

四海之內民眾，都是王的臣僕。

大夫王事處不公，獨我工作分得多。

四匹公馬跑不停，王事多得沒盡頭。

他們誇我還不老，稱我身體正強壯。

說我體力正旺盛，令我奔波走四方。

有人家中安居，有人為國憔悴。

有人安臥牀上，有人奔忙不已。

有人不知百姓哭號，有人滿懷憂思操勞。

有人遊樂安居，有人忙碌王事。

有的人狂飲享樂，有的人擔心惹禍。

有的人出入高談闊論，有的人公事件件要做。

經典名句

溥天之下，莫非王土。
率土之濱，莫非王臣。

註 釋

1. 陟（zhì）：登上。
2. 偕偕（xié）：健壯的樣子。
3. 盬（gǔ）：粵音同"古"，休止。
4. 溥（pǔ）：通"普"，普遍。
5. 賢：勞，指過分勞碌。
6. 牡：公馬。彭彭（bāng）：粵音同"幫"，形容馬行進不止的樣子。
7. 傍傍（bēng）：粵音同"崩"，事務沒有窮盡的意思。
8. 旅：通"膂"（lǔ），膂力，體力。剛：盛，強健。
9. 慘慘：憂慮不安的樣子。劬（qú）勞：勞苦。
10. 棲遲：棲息遊玩，即處於安閒的境地。偃仰：仰臥，即躺着休息。
11. 鞅掌：鞅，粵音同"央"。指公事忙碌。
12. 湛（dān）樂：湛，粵音同"耽"。過度的享樂。
13. 風：通"諷"，發議論。諷議，放言高論，即誇誇其談、說空話的意思。

甫 田 之 什

鴛鴦

[婚戀]

鴛鴦于飛¹，畢之羅之²。
君子萬年，福祿宜之。

鴛鴦在梁³，戢其左翼⁴。
君子萬年，宜其遐福⁵。

乘馬在廄⁶，摧之秣之⁷。
君子萬年，福祿艾之⁸。

乘馬在廄，秣之摧之。
君子萬年，福祿綏之⁹。

鴛鴦雙雙飛，
設網捕捉牠。
君子壽萬年，
安享福與祿。

鴛鴦在河樑，
嘴插左翅膀。
君子壽萬年，
洪福他安享。

四馬在廄中，
穀草餵養牠。
君子壽萬年，
福祿養護他。

四馬在棚中，
餵牠穀和草。
君子壽萬年，
福祿安寧他。

經典名句

鴛鴦于飛，畢之羅之。君子萬年，福祿宜之。

註釋

1. 鴛鴦：雌雄偶居不離，古人常以鴛鴦比喻夫婦。于：語助詞。
2. 畢：有柄的捕鳥網。羅：捕鳥網。
3. 梁：魚樑，攔魚的水壩。
4. 戢(jí)：粵音同"輯"，收斂。此句指鴛鴦休息時嘴插在左翼下。
5. 遐：遠，長久。
6. 乘(shèng)馬：四匹馬。古代一乘駕四匹馬，所以"乘馬"是四匹馬。廄(jiù)：馬棚。
7. 摧：讀為"莝"(cuò)，鍘碎的草，這裏指用鍘碎的草餵牲口。秣(mò)：餵馬的穀物，這裏指用穀物餵馬。
8. 艾(ài)：養護。
9. 綏(suí)：安。

【賞析】這應是一篇周代王公貴族賀婚祝頌的詩。詩歌前兩章用鴛鴦起興，以喻夫婦好合之意，祝頌君子長壽，永享福祿；後兩章以「乘馬在廄」為興，寫鍘草餵馬，定因古代嫁娶，行親迎之禮要用到馬車。詩篇順便祝頌君子長壽，永葆福祿。雖似為套語，然反覆吟詠增強了婚禮的喜慶氣氛。

車舝

[婚戀]

間關車之舝兮[1]，思孌季女逝兮[2]。
匪飢匪渴，德音來括[3]。
雖無好友，式燕且喜。

依彼平林，有集維鷮[4]。
辰彼碩女[5]，令德來教[6]。
式燕且譽，好爾無射[7]。

雖無旨酒，式飲庶幾。
雖無嘉殽，式食庶幾。
雖無德與女[8]，式歌且舞。

陟彼高岡，析其柞薪[9]。
析其柞薪，其葉湑兮[10]。
鮮我覯爾[11]，我心寫兮。

高山仰止，景行行止[12]。
四牡騑騑[13]，六轡如琴[14]。
覯爾新昏，以慰我心。

【賞析】 本篇可能是周代貴族的迎娶樂歌，即後世所謂迎親曲。據《左傳·昭公二十五年》：「叔孫如宋迎女，賦《車轄》。」《車轄》即《車舝》，說明此詩是貴族迎娶所用。古代社會生活有很強的儀式性，儀式中的每個環節都是先民純真的內心世界的呈露。周代是禮樂文化高度發達的時期，詩篇對此有所表現。「高山景行」的詩句在詩中用以推崇季女的賢德，後來被泛化為指崇高的德行。

車輪轉動間關響，美貌少女出嫁啦。

不是飢餓不是渴，盼着淑女來相會。

雖說沒有好朋友，宴會飲酒樂陶陶。

平地茂盛的樹林，野雞棲息在上面。

美貌少女高身材，她的美德熏陶我。

宴會人人盡歡樂，愛你永遠不厭倦。

儘管美酒不很多，還望你能多喝點。

儘管佳餚不充足，還望你能加餐飯。

我雖德行難配你，還望歌舞且歡樂。

登上那座高山岡，砍劈柞木當柴薪。

砍劈柞木當柴薪，柞木枝葉真茂盛。

今天我和你相會，我的心情真舒暢。

德如高山人景仰，德如大道人遵循。

四馬駕車不停跑，韁繩協調如彈琴。

如今新婚遇見你，我心從此得安慰。

經典名句

高山仰止，景行行止。

註 釋

1. 間關：象聲詞，形容車輪的轉動聲。舝：同"轄"，車軸兩頭的金屬鍵。

2. 思：發語詞。孌：美好的樣子。季女：少女。逝：往，指她乘車出嫁。

3. 德音：美譽，此指所迎娶的有美好聲譽的女子。括：通"佸"（huó），聚會。

4. 鷮（jiāo）：粵音同"嬌"，鳥名，雉的一種，又稱野雞。

5. 辰：善。碩女：身材高大的女子。

6. 令：善，美好。

7. 好（hào）：喜愛。爾：指季女。射（yì）：粵音同"意"，通"斁"，厭棄。

8. 與：助。女：汝。

9. 析：劈木。柞：粵音同"昨"，樹名。《詩經》多以析薪、束薪起興，敍述男女婚媾之事。

10. 湑（xǔ）：粵音同"水"，茂盛。

11. 鮮（xiān）：粵音同"先"，美好。覯（gòu）：粵音同"夠"，遇見。

12. 景行（háng）：大路。

13. 騑騑（fēi）：馬行不停的樣子。

14. 轡：馬韁繩。琴：指琴弦。此句指六條馬韁繩在手協調有如彈撥琴弦。

青蠅

[諷諫]

營營青蠅[1]，	嗡嗡綠頭蠅，
止于樊。	籬笆上面停。
豈弟君子[2]，	和樂的君子，
無信讒言。	不要信讒言。
營營青蠅，	嗡嗡綠頭蠅，
止于棘[3]。	酸棗樹上停。
讒人罔極，	讒人沒準則，
交亂四國[4]。	搞亂四方國。
營營青蠅，	嗡嗡綠頭蠅，
止于榛[5]。	榛子樹上停。
讒人罔極，	讒人沒準則，
構我二人[6]。	誹謗你和我。

經典名句

營營青蠅，止于樊。
豈弟君子，無信讒言。

註 釋

1. 營營：蒼蠅聲。青蠅：綠頭大蒼蠅。
2. 豈弟：同"愷悌"（kǎi tì），和易近人。
3. 棘：酸棗樹，叢生。
4. 交：俱，都。
5. 榛（zhēn）：一種叢生小灌木。
6. 構：挑撥。二人：指作者和信讒者。

【賞析】這是一篇諷諫詩。詩人用青蠅比喻讒人，形象生動。正因如此，後世作家、詩人常以「青蠅」比喻讒言小人。如王充《論衡》：「青蠅所污，常在練素。」陳子昂《宴胡楚真禁所》詩：「青蠅一相點，白璧遂成冤。」

起興，兼有比意。詩歌勸諫當權者不要聽信小人的讒言。每章第一、二句

160

魚藻之什

隰桑
[婚戀]

隰桑有阿¹，其葉有難²。
既見君子，其樂如何！

隰桑有阿，其葉有沃。
既見君子，云何不樂！

隰桑有阿，其葉有幽³。
既見君子，德音孔膠⁴。

心乎愛矣，遐不謂矣⁵？
中心藏之⁶，何日忘之？

低地桑條柔又長，
葉子豐茂又婆娑。
已經見了君子面，
那種快樂無法說！

低地桑條柔又長，
葉子肥厚又潤澤。
已經見了君子面，
叫人怎能不快樂！

低地桑條柔又長，
葉子肥厚又黑亮。
已經見了君子面，
親密的話更融洽。

心裏深深愛上他，
何不對他說出來？
把愛深植在心裏，
甚麼時候忘記過？

經典名句

隰桑有阿，其葉有難。
既見君子，其樂如何！

註釋

1. 隰（xí）桑：粵音同"習"，長在低地的桑樹。阿（ē）：通"婀"，柔美的樣子。

2. 難（nuó）：茂盛的樣子，《詩經》中通常寫作"儺"。

3. 幽：黑黝黝，形容葉子黑亮肥厚。

4. 德音：好聽的話，此指親密的話。孔：很。膠：黏合在一起，此指融合、纏綿。

5. 遐：通"何"。謂：說，告訴。

6. 中心：即心中。

【賞析】
本篇是《小雅》中為數不多的幾篇愛情詩之一。詩歌中的女子儘管熱戀着一位男子，但又羞於向對方真誠表白，只好把「愛」深埋在心裏。詩篇前三章用想像來表達女子對愛情的嚮往，每章頭兩句都採用桑樹枝、葉的柔美、茂盛，來比喻女子愛情的日益滋長和濃烈。第四章則直抒胸臆，女主人公在想像中展示了自己的內心世界，表現出她對愛情的真誠渴望。

大雅

文 王 之 什

旱麓

[祭祀]

瞻彼旱麓[1]，榛楛濟濟[2]。
豈弟君子[3]，干祿豈弟。

瑟彼玉瓚[4]，黃流在中[5]。
豈弟君子，福祿攸降。

鳶飛戾天[6]，魚躍于淵。
豈弟君子，遐不作人[7]。

清酒既載，騂牡既備[8]。
以享以祀，以介景福。

瑟彼柞棫[9]，民所燎矣[10]。
豈弟君子，神所勞矣[11]。

莫莫葛藟，施于條枚[12]。
豈弟君子，求福不回[13]。

【賞析】這是一篇頌美周王的詩。全詩共六章，每章四句。第一、二、四、五章寫祭祀，是當時禮樂制度的重要寫照。本篇讚頌了周王能培養重用人材，並讚詠周王因祭祀而能得到上天福佑。詩篇第三章「鳶飛戾天，魚躍于淵」二句意象鮮明，描寫生動，屢屢成為後世文學作品借鑒的對象。南朝著名文學家吳均所作駢文《與朱元思書》中，就有「鳶飛戾天者，望峰息心」一句，正是源自本詩。

遠遠看去，旱山山麓，
榛樹楛樹，叢生遍佈。
唯此君子，平易和樂。
平易和樂，以求福祿。

玉瓚色澤，鮮明圓潤，
黃金飾瓚，酒在其中。
唯此君子，平和近人，
上天賜下，福祿豐隆。

鳶鳥高飛，上至雲天，
錦鱗游泳，就在池淵。
唯此君子，平和近人，
不遺餘力，大造人材。

清酒甘醇，均已陳設，
赤色牲牛，業已齊備。
用來獻神，用來祭祀，
用來祈福，洪福無疆。

柞樹棫樹，茂密繁盛，
取以燔燒，以祭上天。
唯此君子，平和近人，
神靈在上，賜以大福。

野生葛藤，綿綿密密，
攀援蔓延，樹幹樹枝。
唯此君子，平易和樂，
遵循正道，以求福祉。

經典名句

鳶飛戾天，魚躍于淵。
豈弟君子，遐不作人。

註釋

1. 旱：山名，在今陝西省漢中地區。麓（lù）：山腳。

2. 榛（zhēn）：一種落葉灌木。楛（hù）：樹名，叢生，莖似荊條。濟濟：叢生的樣子。

3. 豈弟：通作"愷悌"（kǎi tì），平和近人之意。

4. 瑟：形容玉潔淨鮮明的樣子。瓚（zàn）：玉器，形狀與勺子類似，有柄。古代祭祀時，在神前鋪上白茅，用黑黍和香草釀成的酒灌在茅上，叫灌鬯（chàng），象徵神飲酒。灌酒的時候用玉瓚舀鬯酒。

5. 黃流：指鬯酒，其色金黃，故稱。一曰，瓚以黃金為飾，故稱其中的鬯酒為黃流。

6. 鳶（yuān）：鳥名，鷹屬。戾：至。

7. 遐（xiá）：遠，有遠大之意。不：語助詞，無實義。作人：造就、培養人材。遐不作人，指大力培養人材。

8. 騂（xīng）牡：騂，粵音同"升"。赤色的公牛。既備：已經齊備。

9. 瑟：眾多的樣子。柞（zuò）：粵音同"昨"，樹名。棫（yù）：粵音同"域"，亦是樹名，即白桵（ruí），叢生，有刺。柞棫均可來燔燒以祭神。

10. 燎（liào）：燃燒，一種祭祀儀式。燃燒時煙氣上升，用以祭祀。

11. 勞（lào）：賜福。

12. 施（yì）：蔓延。條：樹枝。枚：樹幹。

13. 回：違背。不回，指君子不違背祖先之德，以正道求福。

生 民 之 什

泂酌

[讚頌]

泂酌彼行潦[1]，	溝中有水，遠行往取，
挹彼注茲[2]，	遠取以歸，注入此器，
可以餴饎[3]。	可以蒸飯，以作酒食。
豈弟君子，	唯此君子，近人和易，
民之父母。	為民父母，順從民意。
泂酌彼行潦，	溝中有水，遠行往取，
挹彼注茲，	遠取以歸，注此器內，
可以濯罍[4]。	大小金罍，清洗乾淨。
豈弟君子，	唯此君子，近人和易，
民之攸歸。	天下所望，萬民所歸。
泂酌彼行潦，	溝中有水，遠行往取，
挹彼注茲，	遠取以歸，注此器中，
可以濯溉[5]。	大小漆尊，清洗滌淨。
豈弟君子，	唯此君子，近人和易，
民之攸墍[6]。	天下所望，萬民所息。

經典名句

豈弟君子，民之父母。豈弟君子，民之攸歸。

註釋

1. 泂：通"迥"（jiǒng），遠，遠處。酌：舀取。行，通"洐"（xíng），水溝。潦（lǎo）：粵音同"老"，積水。這句是說到遠處溝中取水。
2. 挹（yì）：舀取。注：灌入。茲：此。
3. 餴：粵音同"分"，通"饙"（fēn），蒸飯。饎（chì）：粵音同"次"，將黍稷做成熟飯叫"饎"，又兼指酒食。
4. 濯（zhuó）：洗滌。罍（léi）：粵音同"雷"，古代用青銅鑄成的一種酒器。形狀與罈相似，有蓋。
5. 溉：通"概"，古代盛酒的一種漆器。
6. 墍（xì）：息，與上章"歸"字義近。

【賞析】

本篇讚美君子能為民父母。為民父母是自周代以來對統治者的定位，對「民之父母」有很高的道德要求。全詩三章，每章五句，是《大雅》中篇幅最短的詩。

詩中提到的罍、概，均為古代高級貴族在祭祀或宴飲時所使用，且有專人從事清洗工作。本篇即是在祭祀或宴飲時所唱的樂歌。《左傳 · 隱公三年》曾以本篇為喻，說明君子應具備之品德和行為。詩篇即以「豈弟君子」能恪守禮制，故讚歎其為萬民所歸。

蕩之什

抑

抑抑威儀[1]，維德之隅[2]。
人亦有言，靡哲不愚。
庶人之愚，亦職維疾。
哲人之愚，亦維斯戾。

無競維人[3]，四方其訓之。
有覺德行[4]，四國順之。
訏謨定命[5]，遠猶辰告。
敬慎威儀，維民之則。

其在于今，興迷亂于政。
顛覆厥德，荒湛于酒。
女雖湛樂從，弗念厥紹[6]。
罔敷求先王[7]，克共明刑。

肆皇天弗尚，如彼泉流，
無淪胥以亡[8]。夙興夜寐，
洒掃廷內，維民之章。
修爾車馬，弓矢戎兵，
用戒戎作，用逷蠻方[9]。

質爾人民，謹爾侯度，
用戒不虞。慎爾出話，
敬爾威儀，無不柔嘉。
白圭之玷[10]，尚可磨也；
斯言之玷，不可為也[11]！

【賞析】本篇是一篇諷諫詩。全詩共十二章，一百一十四句，是《大雅》中最長的詩篇。首章開篇明義，以牆的廉隅為喻，指明「威儀」的重要性。第二章闡明只有力量強大，德行美好，才能讓四方歸順，萬民效法。第三章指明當今之世道德敗壞。第四章指出國勢衰敗，為君者當勤勉於國事。第五至八章寫君王應當遵循法度，謹言慎行。第九至末章寫詩人對執政者諄諄不倦的進諫、教誨，奈何不為所用，因此詩人心中憂傷。全詩力陳周王朝時弊及執政者的昏憒，並告誡諸人要修德守禮。詩人言辭懇切，用情深摯，成語「耳提面命」即出自本篇。

人有德行，威儀使正，牆有邊角，廉隅使直。
自古在昔，先人有言：哲人有智，示人如愚。
世人攘攘，愚不可及，天性如此，不足為奇；
哲人聰慧，行事反愚，世事如此，常理違矣。

唯我周王，強大有力，四方之邦，歸順聽命。
唯我周王，德行端直，四方諸侯，遵循順從。
規劃宏偉，政令審定，謀略遠大，宣告及時。
禮節言行，敬慎有儀，唯我周王，萬民法式。

時至今日，異於已往，擾亂國政，敗壞朝綱。
綱紀蕩盡，就是我王，沉醉不醒，酗酒荒唐。
唯知逸樂，我王放蕩，祖業難繼，卻不思量！
先王之策，不思廣求，如何執守，法典明章！

皇天在上，不助不佑，國運滔滔，有如泉流，
沉淪不回，流逝不歸。勤於王事，晨起夜休，
不倦不怠，灑掃庭院，修德律己，為民表率。
兵車戰馬皆整頓，弓矢兵器俱來修。
用以戒備戰事起，用以平定諸蠻夷。

須要安定人民，須要謹遵法度，
用以戒備變故。出言務必謹慎，
行止務必端莊，言行方能妥當。
白玉之圭，如有瑕疵，尚可研磨，以去其污
我王言行，若有疏忽，難以挽救，難以去除！

註釋

1. 抑：通"懿"（yì）。懿懿，美。威儀：禮節。

2. 隅：廉隅，原指房屋的側邊稜角之處，引申為人的品德方正不苟。

3. 無：發語詞，無實義。競：強。無競，讚頌君王功烈的美辭。維：語助詞。人：指周王。

4. 有：句首助詞，無實義。覺：正直。

5. 訏（xū）：粵音同"虛"，大。謨（mó）：謀略。這句說，在宏大戰略規劃下來制定具體政令。

6. 弗：不。紹：繼承。以上兩句意為，你們只知飲酒享樂，從不考慮如何繼承先祖功業。

7. 罔：不。敷求：即廣求。先王：指先王的治國之道。

8. 無：發語詞，無實義。淪胥：相率、相隨。這兩句是說，國運就如泉水的流逝，不可挽回。周之君臣，也將相率敗亡。

9. 遏：通"剔"（tì），驅逐，有平定之意。蠻方：泛指邊遠異族。

10. 玷（diàn）：白玉上的斑點，即瑕疵。

11. 為：治。以上四句是說，白玉圭上的瑕疵還可以通過研磨去掉，而言行上的過失卻沒有辦法挽救。

12. 苟：當作“茍”(jí)，說話謹慎之意。以上兩句意為，發言不可輕率，也不要以為自己所説就很謹慎恰當。

13. 捫(mén)：按住。朕：我的。

14. 讎(chóu)：粵音同“酬”，應答。無言不讎，意思是我出善言，人以好言相答；我若出惡言，人亦將以惡言相向。

15. 輯：和。柔：溫和。輯柔爾顏，和言悦色之意。

16. 不：語助詞，無實義。遐：遠。愆(qiān)：粵音同“牽”，過失。不遐有愆，遠離過失，即沒有過失。

無易由言，無曰“苟矣[12]，
莫捫朕舌”[13]。言不可逝矣，
無言不讎[14]，無德不報。
惠于朋友，庶民小子。
子孫繩繩，萬民靡不承。

視爾友君子，輯柔爾顏[15]，
不遐有愆[16]。
相在爾室，尚不愧于屋漏[17]。
無曰“不顯，莫予云覯”[18]。
神之格思，不可度思，
矧可射思[19]！

辟爾為德，俾臧俾嘉[20]。
淑慎爾止，不愆于儀。
不僭不賊[21]，鮮不為則[22]。
投我以桃，報之以李。
彼童而角[23]，實虹小子[24]。

荏染柔木，言緡之絲[25]。
溫溫恭人，維德之基。
其維哲人，告之話言，
順德之行。
其維愚人，覆謂我僭。
民各有心。

出言不可，信口雌黃，別說"我言謹慎，
舌在我口，不容強按"。不可妄談，覆水難收，
善言惡語，各有回敬，美德敗行，亦有其應。
惠愛朋友羣臣，並及子弟庶民。
子孫綿綿不絕，萬民無不順承。

善視羣臣，並及君子，和言悅色，彬彬有禮，
遠離過錯，無有疏失。
獨處幽室，亦須自省，無愧於神，不愧於心。
莫說幽室隱蔽，莫說無人能見。
神明降臨，無處不至，不可揣測，不可察知，
怎可不敬，心懷倦思！

光大你的德行，使之盡善盡美。
謹慎你的容止，使之合禮合儀。
儀節無過無失，眾人以為法式。
他人贈我以桃，我則回敬以李。
羔羊自認有角，實是小子昏潰。

製琴良木，材質柔韌，裝上琴弦，即可為琴。
恭謙之人，溫溫守禮，為德根本，以為標準。
賢哲之人，明理知事，聽取忠告，採納諫言，
遵行法典，行事有章。
愚昧之人，不明事理，反而怒我，謂我欺誑。
人心不同，所行異方。

17. 屋漏：指室西北角之神。古代多在房屋西北角開天窗，以便陽光射入，因此稱為"屋漏"。不愧於屋漏，即不愧於神明。

18. 莫：無定代詞，無人。予：我。云：語助詞，無實義。覯（gòu）：看見。"莫予云覯"即"莫覯予"。以上兩句是說，不要以為身處隱蔽，無人能看見自己。

19. 矧（shěn）：何況。射（yì）：倦。以上三句是說，神明的降臨，已不可揣測，更何況還懷有厭倦之心呢？心懷厭倦，更為不敬，必然招致禍患。

20. 俾（bǐ）：使。臧（zāng）、嘉：都是美善的意思。以上兩句是說，光大你的德行，使之美善。

21. 僭（jiàn）：超出本分，指犯下過錯。賊：當作"忒"，意為差錯。

22. 鮮（xiǎn）：少。則：準則。以上兩句是說，若威儀禮節上沒有過失，就會被人引為學習榜樣。

23. 童：無角的小羊。彼童而角，無角小羊而自以為有角，自以為是之意。

24. 虹：通"訌"（hòng），潰亂。小子：年輕人，猶今言黃口小兒。這兩句是說，那些自以為是的人結果往往是自討苦吃。

25. 言：句首助詞。緡（mín）：弦。這裏作動詞，安上弦。絲：指琴瑟之弦。琴瑟均為古樂器，是古代禮制的重要組成部分。這幾句用柔木安上弦可以作樂器，比喻恭順有禮之人可以成為有用之材。

於乎小子，未知臧否。
匪手攜之，言示之事。
匪面命之，言提其耳。
藉曰未知，亦既抱子。
民之靡盈[26]，誰夙知而莫成[27]？

昊天孔昭[28]，我生靡樂。
視爾夢夢，我心慘慘[29]。
誨爾諄諄，聽我藐藐。
匪用為教，覆用為虐。
藉曰未知，亦聿既耄[30]。

於乎小子，告爾舊止[31]。
聽用我謀，庶無大悔。
天方艱難，曰喪厥國[32]。
取譬不遠，昊天不忒[33]。
回遹其德，俾民大棘[34]。

嗚呼哀哉，後生小子！不辨是非，未知善惡。
教你誨你，用手牽攜，非但手牽，而且指點。
教你誨你，當面訓導，非但面訓，並且耳囑。
你還託言，無知年幼，實則已經，身為人父。
人們若非，自滿自詡，誰人可以，朝習暮成？

昊天在上，明察秋毫，我生在世，無可為歡。
視爾昏昏，事理不明，我心淒淒，憂傷愁苦。
教你誨你，諄諄懇切，輕我怠我，漫不上心。
不聽善言，不遵教導，反而戲謔，以為笑談。
你還託言，無知年少，實則已是，八旬老翁。

嗚呼哀哉，後生小子！我今相告，告以典法，
察我忠良，聽我謀劃，可望無過，亦無錯差。
上天降災，時勢艱難，爾邦爾國，行將敗亡。
取證不遠，近在前方，昊天在上，賞罰不爽。
君王邪僻，德行不良，臣民受難，天下遭殃。

經典名句

無言不讎，無德不報。
投我以桃，報之以李。
匪手攜之，言示之事。
匪面命之，言提其耳。

26. 靡：不。盈：指自滿。
27. 莫：通"暮"。以上兩句是說，不是自滿的人，誰會說自己早上學習晚上就成才的呢？意思是誰都不可能如此。
28. 昊天：上天。孔：很。昭：明。
29. 慘：通"懆"（cǎo）。懆懆，愁淒苦的樣子。
30. 耄（mào）：八十歲以上稱"耄"，年老之意。這兩句是說，你託言年幼無知，實際上也已七老八十了。
31. 舊止：指先王舊典。
32. 曰：發語詞。喪厥國：喪其國，滅亡他的國家。
33. 忒（tè）：差誤。這句是說，上天賞罰不爽。
34. 棘（jí）：通"急"，指災難。以上兩句是說，你若邪僻而不知悔改，就會給人們帶來災難。

周　頌

臣 工 之 什

振鷺

[祭祀]

振鷺于飛[1]，　　　　　　羣羣白鷺飛翩翩，
于彼西雝[2]。　　　　　　在那西雝清水畔。
我客戾止[3]，　　　　　　夏商後裔是我客，
亦有斯容[4]。　　　　　　風度翩翩器宇軒。
在彼無惡[5]，　　　　　　客在封地無人怨，
在此無斁[6]。　　　　　　至我周邦無人厭。
庶幾夙夜[7]，　　　　　　希冀我客敬王事，
以永終譽[8]。　　　　　　美善之行永流傳。

經典名句

庶幾夙夜，以永終譽。

註釋

1. 振：鳥兒羣飛的樣子。鷺：一種水鳥，白色，棲於水邊。于：
   助詞。

2. 雝：粵音同"壅"，西周時期的重要典禮場所，是培養貴族子弟
   的學校，同時也是供王室貴族行禮聚會之處，四周有水環繞，
   稱為"辟雝"，簡稱雝。因在西周京城的西郊，所以稱西雝。

3. 客：指來助祭的夏、商二王之後。周天子分別封夏、商二王之
   後於杞、宋兩地，對於周人來説，他們是客。戾：至。止：句
   末語助詞。

4. 斯容：指"客"之威儀如白鷺從容飛翔的樣子。

5. 彼：指上文所説"客"之封地。無惡：沒有人憎恨他們。

6. 此：指周地。斁 (yì)：粵音同"意"，厭惡。無斁，不被別人厭
   惡。

7. 庶幾：表示希望之詞。夙夜：本義是早起晚睡，此處含有"敬事"
   之意。

8. 永：長。終：亦為長。永、終二字同義連用，意為長久。譽：
   通"歟"，語助詞，表示感歎。以上兩句的意思是，希望"我客"，
   即夏、商二王之後敬於周天子之事，並且能將此美善之行長久
   持續下去。

【賞析】這是一篇讚揚夏、商二王之後，即杞、宋二地的國君來周助祭的頌歌。

周朝建立後，周王封夏、商二代君主之後裔於杞、宋為諸侯，使他們能夠延續祖先的禋祀。周制，天子舉行祭祀時，同姓、異姓諸侯包括夏商之後都前來助祭。周人給予杞、宋兩國國君特別的禮遇，稱之為「客」，同時要求此二國之君「庶幾夙夜」，遵奉周禮，顯示了周人政治上的原則與靈活的兩個方面。

[祭祀] **雝**

有來雝雝¹，至止肅肅。

相維辟公²，天子穆穆³。

於薦廣牡⁴，相予肆祀。

假哉皇考⁵！綏予孝子。

宣哲維人，文武維後⁶。

燕及皇天，克昌厥後⁷。

綏我眉壽，介以繁祉⁸。

既右烈考⁹，亦右文母¹⁰。

來者和睦且雍容，
至者嚴肅又恭敬。
諸侯公卿作司儀，
天子舉止端且恭。
進獻肥壯大公牛，
助我擺齊祭祀品。
偉大美善我文王！
保佑子孫永有福。
為人通達又明智，
文武俱堪為明君。
治理周邦安上天，
亦能昌盛後世孫。
賜我長壽使我安，
多福使得我佑助。
獻享光明之先父，
亦侑賢淑文德母。

經典名句

有來雍雍，至止肅肅。相維辟公，天子穆穆。

註釋

1. 有：詞頭，無實義。來：指前來助祭的諸侯。雝雝：和睦的樣子。
2. 相：在祭祀中起司儀作用的人。維：是。辟公：指諸侯。
3. 天子：指周王，古代宗廟祭祀中天子是主祭人。穆穆：容態端莊，舉止恭敬。
4. 於（wū）：讚歎聲。薦：進獻。廣：大。牡：用作祭祀的公牛。
5. 假：大，讚美之詞。皇考：對先祖的美稱。
6. 文武：指周文王和周武王。後：君主。
7. 克：能。昌：興盛，昌盛。厥：其。後：後世子孫。
8. 介：佑助。繁祉：多福。這兩句是祝禱之詞。
9. 右：讀為"侑"（yòu），勸酒勸食，這裏指祀饗神靈。烈：光明。烈考，對先父的美稱。
10. 文母：有文德的母親，與上文"烈考"對舉，亦為美稱。以上兩句是說，希望先父先母的神靈能多多享用祭品。

【賞析】 古代祭禮中，禮典過程的不同階段需演奏不同的樂歌。本篇係周天子祭祀文王宗廟完畢之後，撤去祭品祭器時所演奏的歌詩。詩篇描寫了主祭的天子和助祭諸侯端莊敬慎的樣子；頌揚了周文王和周武王這兩位周人最為敬重的先王。詩篇最後還提到了「亦右文母」，古人在祭祀男性祖先時往往以女性祖先合祭。詩篇強調了祈求先王的神靈能長久保佑子孫後代之意。

閔予小子之什

小毖

[感懷]

予其懲而毖後患[1]。　　懲前毖後要記牢。
莫予荓蜂[2]，　　　　　無人輔助我心焦，
自求辛螫[3]。　　　　　只好獨自把心操。
肇允彼桃蟲[4]，　　　　看那鷦鷯鳥，
拚飛維鳥[5]。　　　　　上下翻飛在空中。
未堪家多難[6]，　　　　不堪邦家多災難，
予又集于蓼[7]。　　　　風雨飄搖多煎熬。

經典名句

予其懲而毖後患。

註釋

1. 予：成王自稱。其：語助詞，無實義。懲：受創而知戒惕。毖：謹慎，慎重。

2. 莫：沒有人。荓 (pīng) 蜂：粵音同 "屏"，雙聲連綿字，意為牽引扶助。

3. 螫 (shì)："事" 的假借字。辛螫：勞苦。以上兩句是說，沒有人輔助，只好自己勉力而為。

4. 肇：發語詞。允：語助詞，無實義。桃蟲：一種體型極小的鳥，羽毛赤褐色，又名鷦鷯。

5. 拚 (fān)：通 "翻"，鳥兒上下飛動的樣子。維：其。

6. 堪：承受，經得起。家多難：指周邦多災難。成王遭遇武王之喪，又逢管叔、蔡叔叛亂及與淮夷的戰爭。

7. 集：本義是鳥兒棲息於草木上。蓼 (liǎo)：粵音同 "了"，草名，生長在水邊，植株長且細，小鳥落於其上，易隨風飄搖。"集于蓼"，以鳥兒停留在蓼草上比喻成王處在風雨飄搖的困境中。

【賞析】這是一篇周成王在先祖神靈前訴說自己內心憂悶的詩歌。詩中成王將自己比作風雨飄搖中的小鳥，以喻自己身處困境而無人輔助，希望先祖的在天之靈能保佑自己。成語「懲前毖後」即出自本篇。